N&K

1

Seit ich zählen kann, zähle ich. Das hilft. Dreizehn ist meine Zahl. So oft haut Mutter mich auf den Rücken. Wenn ich vor Angst Bisi mache, zähle ich auch. Bis dreizehn bleibt es warm, danach wird es kalt zwischen den Beinen. Wenn es dunkel ist, pocht es dreizehn Mal an meine Ohren. Das ist der Tod im Treppenhaus. Hinter der Holzwand, wo Mutter und Vater schlafen, giert's. Dreizehn Mal. Das ist, wenn Vater von der Nachtschicht kommt.

Bei uns auf dem Napf läuft alles verkehrt. Wer auf der Hinterseite des Berges lebt, ist Berner Protestant. Wer vorne lebt, ist Katholik und gehört zum Kanton Luzern. Beides unter demselben Dach verträgt sich schwer. Solange Mutter Protestantin ist, hat sie noch die Fröhlichkeit. Vater ist Katholik, er hat das Schweigen. Das mit meinem schwarzen Herz ahnt kein Mensch, alle bewundern mich, sie sagen zu mir: «So ein lieber Vater. So eine schöne Mutter. Du wirst mal eine wie sie.»

Meine Mutter ist für mich die Größte. Sie dürfte mich immer hauen. Alles gäbe ich für sie, wenn sie mich nur liebhat. Eines Tages wird sie mich lieben, da bin ich mir ganz sicher, weil niemand sie so liebt wie ich.

In meinem Stoffrestenzelt von Mutters Heimarbeit zähle ich auch, mit den Fadenspulen aus Holz von Vaters Versuchen: «Eins, zwei, drei, vier, fünf, sechs, sieben, acht, neun.» So viele Jahre bin ich alt. Jede Spule schreibe ich an, mit einer blauen Zahl. Ich stelle sie auf, in einer Reihe, zähle auch die andern, stelle sie in die zweite Reihe hinten dran: «Zehn, elf, zwölf, dreizehn.» Niemand soll erfahren, was ich plane. Nach dem Zählen haue ich die Spulen um. Sie fallen hin, wie die Reihe im Dominospiel.

Angefangen hat alles mit einer Lüge.

In der Schule steht eine Kartonschachtel auf dem Schrank. Sie ist bunter als die von Vater mit den Spulen auf der Küchenbank. Aber Vaters Kartonschachtel kommt erst am Mittag, jetzt ist Morgen. Ich muss schreiben lernen. OMO war mein erstes Wort. So steht es immer noch oben auf dem Schrank.

Kopfrechnen ist mir lieber. Da bin ich hellwach, blitzschnell, nicht zu schlagen. Das kann ich, weil ich jeden Tag Vaters Spulen zähle. Sogar Fräulein Sidler staunt. Bis zum ersten Tag im neuen Schuljahr, als Vreneli sagt,

Dreizehn ist meine Zahl

Der Verlag dankt
dem Bildungs- und Kulturdepartement
des Kantons Luzern

KANTON
LUZERN
Bildungs- und Kulturdepartement
Kulturförderung

und dem

MIGROS
kulturprozent

für ihre freundliche Unterstützung

3 4 5 15 14 13 12 11

Herstellung: Andrea Mogwitz und Rainald Schwarz
Satz: Gaby Michel, Hamburg
Druck und Bindung: Friedrich Pustet
ISBN 978-3-312-00472-0
Printed in Germany

Alice Schmid

Dreizehn ist meine Zahl

Roman

Nagel & Kimche

ich sei eine Lügnerin. Wir rutschen alle eine Reihe nach, Vreneli und ich sind jetzt in der mittleren Reihe, zuvorderst kommen neue Erstklässler, und zuhinterst sitzen die Großen von der Sechsten.

Eins nach dem anderen steht auf, wir müssen den Beruf vom Vater sagen. Fräulein Sidler schreibt alles in ihr Buch von jedem Kind. Die meisten sagen: «Mein Vater ist Bauer.» Viertelabnüüni sagt: «Schnapser.» Sein Vater fährt mit Töff und Schnapsmaschine rund um den Napf. Auf seinem Nummernschild wackelt die LU 915. Ob Protestant im Kanton Bern oder Katholik im Kanton Luzern, der Vater von Viertelabnüüni brennt vorne und hinten die Äpfel und Birnen. Fast alle Väter haben einen zweiten Beruf, weil es bei uns so stotzig und schwer ist, als Bauer genügend Geld zu verdienen.

Viele Väter köhlern als Nebenverdienst, Vrenelis Vater ist so einer. Sie hat immer Ruß im Gesicht und an den Beinen. Wenn sie sich bewegt, steigt Duft aus ihren Kleidern wie bei einer Wurst aus dem Räucherkamin. Mein Vater war früher Metzger. Jetzt ist er im Beruf Fabrikant. Eigentlich ist er Erfinder. Ich entscheide mich für die Berufsarbeit und stehe auf: «Mein Vater ist Fabrikant.» Vreneli redet mir ins Wort und steht nochmals auf, obwohl ich dran bin, nicht sie. «Lilly lügt, Fabrikarbeiter ist ihr Vater.» Fräulein Sidler glaubt natürlich mir. Sie lächelt nämlich und schreibt es auf, in ihr Buch. Vreneli kann nicht wissen, dass mein Vater mit seinem Schweigen etwas Besonderes ist.

Ueli gehört auch in unsere Reihe, er steht als Letzter auf und sagt: «Ich habe keine Mutter.» Er versteht nicht, dass es hier um Väter geht. Ueli hat feuchte Augen, als Fräulein Sidler zu uns «Ruhe!» sagt. Sie ist auf der Seite von ihm und sagt: «Jeder Vater hat einen Beruf, auch der von dir, Ueli.» Ueli bringt nicht heraus, was Fräulein Sidler hören will. Er möchte schon. Das sieht man. Er kann nicht. Er starrt ins Leere. Kein Wunder, sitzt er allein in seiner Bank. Keiner mag neben einem Kind sitzen, das so komisch ins Leere schaut wie Ueli.

Auf dem Schulweg starrt er auch. Er geht ein paar Schritte hinter mir. Drehe ich mich um, bleibt er stehen, starrt mich an. Fräulein Sidler gibt ihm Zeit. Wir dürfen nicht lachen. Schließlich schafft er es, und es wird sich noch zeigen, dass es stimmt, was er sagt: «Immer am Morgen.» Dann ist es wieder still. Das mit dem Morgen hätte mich interessiert. Aber Ueli sagt schnell: «Mein Vater darf nie einen Ring tragen.» Etwas stimmt nicht mit ihm. Ich weiß nur, wenn ich nicht schlafen kann, sehe ich aus meinem Doppelstockbett durchs Fenster an der Scheune von Uelis Vater immer Licht. Die ganze Nacht und auch am Morgen.

Jetzt muss ich einen Satz zu OMO schreiben. Mit Tinte aus dem Fass, das vorne im Pultloch steckt. Ich mache es verkehrt, weil ich im Kopf immer noch bei Uelis Licht an der Scheune bin. Vielleicht ist sein Vater auch Erfinder. Ich tunke zuerst die Feder ins Fass und drücke sie erst danach in den hölzernen Halter. Tinte tropft aufs Blatt. Ich blättere auf die nächste Seite. Der dunkle Fleck drückt durch, aufs neue Blatt. Vreneli neben mir ist längst am Schreiben. Ich denke nur an das Wort, das oben auf der Schachtel geschrieben steht.

Immer, wenn es still wird in der Schule, überfällt es mich. Alles wird schwer. Im Nacken sticht ein Schmerz, als stecke ein Metzgermesser drin. Mein Kopf plumpst vorne runter wie der Kopf der Änzilochjungfrau, der bei uns zu Hause schlaff am Nagel hängt. Ich raffe mich wieder auf. Schiele nach links, schiele nach rechts, mit steifem Nacken. Alle sind am Schreiben. Ich atme tief. Niemand, schon gar nicht Fräulein Sidler, darf merken, was mir beim Schreiben passiert. Sie könnte es der Mutter sagen. Ich konzentriere mich, schaue zum Schrank. OMO. Alles beginnt von vorn, die Augen schwer wie Blei, ich schaffe das nicht, mit der größten Anstrengung nicht. Die Augendeckel sind das Schlimmste. Sie schweben, sie zittern, fallen zu. Das kommt nur am Tag. Nachts sind sie federleicht, aufgedreht, pulsieren. Jetzt ist es Morgen, alle Kinder in den Bänken hellwach, auch die Neuen in der vordersten Reihe. Bei mir ist es umgekehrt. Ich kämpfe. OMO gleitet weg vom Schrank, die Schachtel schwebt hinauf zur Holzdiele. Ich sehe die drei Buchstaben wie im Nebel. Jetzt verschwinden sie. Weg sind sie, in meinem Augenschlitz.

Die ganze Schule starrt hinauf zur Kartonschachtel, kratzt mit den Federn Buchstaben um Buchstaben aufs Papier. Vreneli neben mir schreit, steht schon wieder auf. «Fräulein Sidler!» Mehr bringt sie nicht raus. Sie starrt mit schneeweißem Gesicht auf meinen Unterarm, wo die Feder voller Tinte wie ein Angelhaken stecken bleibt. Ich zerre daran, mit meinen geschwärzten Fingern. Die Haut lüpft sich wie das Stoffrestenzelt, in dem ich zu Hause die Spulen zähle. Darunter klemmt die Feder, will nicht raus. Ich spüre den Schatten von Fräulein Sidler, höre ihre Stimme, jetzt habe ich nur noch den Halter in der Hand. Sie schickt Viertelabnüüni die Schnapsflasche holen, aus dem OMO-Schrank.

Zum Glück schaut Fräulein Sidler nur auf meine Feder und nicht auf das Blatt, wo meine Hand wie von allein geschrieben hat. Der Buchstabe O sieht aus wie eine langgezogene Wasserblase, die nach oben drängt. Das M ist doppelt so lang. Es fliegt wie ein Nachthemd über die Linien zum Seitenrand. Beim zweiten O ist es passiert: Mein Körper zuckt zusammen. Die Hand macht einen Ruck, schießt übers Blatt, der Federhalter landet zack in meinem Arm. Immer werde ich schwer. Dauern tut es nur ein paar Sekunden, schlagartig bin ich wieder wach. Die Angst schlägt ein, das Herz fliegt, hat es jemand gesehen, das mit meinem Schlaf? Umblättern, zudecken, und alles beginnt von vorn. Aber so was wie jetzt, das ist mir noch nie passiert.

Fräulein Sidler dreht an meiner Feder. Einfach geht das nicht. Bei ihr kommt die Haut auch mit, die Feder bleibt drin. Erst als sie rundum die Haut mit den Fingern drückt und spannt, kommt die Feder raus. Ueli stöhnt, als Viertelabnüüni Schnaps auf das schwarze Loch leert in meinem Arm. Es brennt wie Feuer. Alle machen «Uäähh!», stehen rund um mein Pult. Ich zähle, beiße auf die Zähne, gebe keinen Ton von mir. Ueli fällt um, liegt ohnmächtig vor mir auf dem Boden. Zum Glück schauen alle auf ihn. Niemand kann mein OMO sehen. Es verdampft auf dem Blatt. Die Tinte vermischt sich mit dem Schnaps.

In der Pause schenkt Ueli mir eine Zwetschge. Ich weiß nicht, will er sich wichtig machen, hat er es gesehen, das mit meinem Schlaf. Er starrt mich an, wie immer, als möchte er mir etwas sagen. Er ahnt nicht, dass ich das mit dem Licht an seiner Scheune sehe, jede Nacht und auch am Morgen. Seine Zwetschge glänzt, mehr schwarz als blau. Er reibt sie ab, am Hosenbein. Ich esse sie, sie ist süß, noch etwas warm. Bei uns auf dem Napf wachsen fast keine Zwetschgen, nur Birnen und Äpfel. Und die landen in der Schnapsmaschine bei Viertelabnüüni. Ich laufe weg, mit der Zwetschge im Mund. Ueli holt mich ein, starrt zu mir hoch wie ein geschlagener Hund, einen halben Kopf kleiner als ich. Er sagt: «Du bist jetzt mein Schatz.» Ich spucke ihm den Zwetschgenstein vor die Füße.

Da, wo die Väter den Nebenverdienst machen, raucht es aus dem Wald. Auf dem Schulweg gehen Vreneli, ich, Ueli und Viertelabnüüni meist zusammen, weil wir am weitesten oben am Napf wohnen und in der gleichen Reihe sitzen. Ich schüttle Vrenelis Arm weg. In der Schule sagen, dass ich lüge, und sich wieder bei mir einhängen, das mag ich nicht.

Unterwegs kommt uns selten jemand entgegen. Manchmal ein Wanderer, der uns fotografiert, oder ein Traktor mit dicken Pneus und einem Ladewagen, auf den wir aufspringen und nach oben fahren. Manchmal sehen wir Uelis Vater auf einen Strommasten klettern. Die Gewitter am Napf können zünftig wüten. Ganze Tannen fallen um, samt ihren Wurzeln, reißen Stromleitungen und Masten mit. Nach einem Gewitter hat Uelis Vater viel zu tun.

Bei der Krete vom Änziloch bläst uns der Biswind entgegen, wir wechseln automatisch die Straßenseite, gehen eins dicht hinter dem andern am Napfhang entlang. Jeder von uns weiß, was im Änziloch unten passiert, wenn es donnert. Auf halbem Weg, beim Kreuz, bleibe ich trotzdem stehen, nur rasch runterschauen. Noch nie habe ich einen Geist gesehen. Irgendwann muss es klappen. Ueli und Viertelabnüüni schauen auch nur kurz, weil der Herr Pfarrer in der Christenlehre uns warnt, wer da runterschaue, werde selber ein Geist.

Manchmal kurvt ausgerechnet dann, wenn wir die Straßenseite zum Kreuz rüber wechseln, Viertelabnüünis Vater mit seinem Töff samt Schnapsmaschine durch den Wald. Mir macht das nichts. Die anderen verstecken sich. Ich bleibe stehen, klammere mich ans Kreuz, das uns an das Böse mahnt, wie der Herr Pfarrer sagt. Vreneli, Ueli und vor allem Viertelabnüüni, weil das sein Vater ist, der da kommt, kriechen auf dem Bauch in die Stauden hinter dem Kreuz, wo es beängstigend gäch in die Tiefe geht.

Viertelabnüünis Vater singt auf seinem Töff. Nicht so schön. Das hat mit dem Schnaps zu tun. Er will mir Angst einjagen, weil ich es wage, beim Kreuz zu stehen. Er sagt: «Mädchen, bleib nicht stehen. Schau nicht runter, da ist es zweimal so hoch wie der Kirchturm. Ich warne dich. Du hängst in den Stauden, bis dir schwindlig und elend wird. Dann verschluckt es dich, das Änziloch. Das schreckliche Änziloch.» Mit jedem Wort kommt mir seine schwarze Nase näher. Ein durchtränkter Zapfen mit Löchern drin. Ich zähle sie. Es weht mir eine Wolke entgegen wie aus der Flasche im OMO-Schrank. Seine Nase berührt beinah meine. Bei dreizehn mache ich «Uäähh». Das hat er nicht erwartet. Ich bin froh, fährt er endlich weiter. Jetzt macht er nochmals einen Schlenker, das LU 915 wackelt, er schaut zurück und ruft: «Denk dran, wer Böses tut, landet selbst dort unten.»

Viertelabnüüni, der seinen Spitznamen vom Nummernschild seines Vaters hat, verliert beinahe das Gleichgewicht hinter dem Kreuz. Aus Angst, ein Geist zu werden, hält Vreneli den Kopf auf den Boden gedrückt. Ihre Zöpfe hängen verwickelt in den Stauden. Ueli ziehen wir an den dünnen Schultern zurück. Es ist immer dasselbe. Er ist der größte Schisshas, wenn es um Väter geht. Bei mir ist es anders, gerade umgekehrt.

Unser Haus steht direkt über dem Änziloch. Bless hat auch Hunger, zerrt an der Kette, springt bellend an mir hoch. Unter der Eingangstür bleibe ich stehen. Ich lausche und zähle, sonst schaffe ich es nicht über die Schwelle. Bis ich auf dreizehn gezählt habe, weiß ich, Mutter ist gut oder schlecht gelaunt. Ich spüre alles, wenn ich auf der Schwelle stehe. Da höre ich Vater schnarchen und das Ticken der Pendeluhr aus der Stube, wo wir sonntags essen und Mutter ihre Heimarbeit näht.

Wenn Mutter gut gelaunt ist, darf ich die langen Fäden schneiden, die sie braucht, für die Krawatten aus Seide. Den ganzen Tag würde ich ihr mit der Kreide Preisschilder und Etiketten markieren. Die Abstände müssen stimmen, auf den Millimeter genau. Mutter mag nicht, wenn ich ihr nahe komme. Dann macht sie sich breit, steht auf von ihrem Stuhl und trägt ihre langen Krawatten aus Seide rüber zum Bügelbrett. Schlagartig kann ihre Stimmung wechseln. Das Gesicht wird hart, ihre Augen stechen wie zwei Gufenknöpfe, mit denen sie ihre Heimarbeit näht. Bei ihr weiß ich nie, woran ich bin.

Jetzt kommt der warme Strom. Ich kann ihn nicht halten, er ist schneller als ich. Mutter steht im Gang mit dem Meterband. Es wippt in ihrer Hand wie das Pendel an der Uhr. Sie schaut auf meine Hände zwischen den Beinen, und wie das Bächlein über die Schwelle rinnt. Sie sagt: «Womit habe ich das verdient?» Alles, was danach kommt, ertrage ich, weil ich zähle. Ich halte mich fest am Wannenrand und zähle Mutters Schläge. Das hilft, denn ich weiß, bei dreizehn ist es vorbei. Am Lavabo wasche ich aus, was nass ist. Ich trockne die Schwelle und den Gang, nackt bis zum Füdli, rot vom Meterband. Meine Schwester Dora und mein Bruder Res gehen wortlos an mir vorbei. Sie schauen mich nicht an. Es ist immer dasselbe. Sie kommen von der Schule, sie haben Hunger, sie essen ohne mich. Immer, wenn es fleischlos ist, was ich auch runterschlucken könnte, essen sie ohne mich.

Ich kauere im Stoffrestenzelt von Mutters Heimarbeit und horche auf die Töne hinter der Wand. Vater ist wach, das höre ich. Weil es jetzt mäuschenstill ist nebenan. Kein Schnarchen. Es ist meine Schuld, ich habe ihn aufgeweckt. Wenn ich nur mit ihm reden könnte. Er würde mich verstehen. Manchmal schaut er mich an, aber er schweigt. Ich weiß nicht, ob er es weiß, das mit mir. Ich bin sicher, er hat mich gern. Jetzt kommt wieder das Würgen, das Zittern in den Schultern. Es schluchzt in meinem Hals. Ich atme ganz schnell, dann wird mir schwindlig in meinem Zelt. Ich lausche auf die Stimmen aus der Küche. Wenn sie reden, tut mir das weh. Sie essen, sie reden, sie haben es schön.

Vater liegt wach. Er lauscht sicher auch hinter der

Wand und hört mein Schluchzen nebenan. Jetzt höre ich, wie er das Streichholz an der Schachtel reibt, wie es zischt und eine Flamme macht. Er zündet sich die Zigarette an. Hinter sein Geheimnis komme ich erst, als ich es schaffe, ihn aus dem Schweigen zu holen.

Dora kommt ins Zimmer. Ich beobachte ihren Schatten, wie er über meine Zeltwand geht und vor dem Schlitz stehen bleibt. Ich kann es nicht bremsen. Sie meint bestimmt, ich hätte den ewigen Schluckauf in meinem Zelt. Sie setzt sich an ihren Tisch, sie hat einen eigenen und eine Insektensammlung. Alles im Zimmer gehört ihr. Nur das Doppelstockbett muss sie mit mir teilen. Jeden Tag bringt sie ein neues Insekt nach Hause. Sie ist älter, hat sechs Spulen mehr als ich, weiß schon viel und geht aufs Gymnasium. Am ersten Tag hat sie zwar wieder kehrtgemacht auf dem Schulweg in die Stadt Luzern. Beinahe hätte sie aufgegeben, weil einer im Zug über ihre Waden lachte und sagte: «Gurken gehören ins Fass.» Meine Waden sind nur halb so rund wie ihre. Schön schlank. Vielleicht ist das der Grund, dass sie an mir vorbeischaut und mich nicht sehen will, und weil ich schön bin wie Mutter.

Dora betäubt das Insekt in einem Glas. Dort liegt Watte drin, mit Alkohol getränkt. Ich lausche, zähle, bis sich das Insekt nicht mehr bewegt, nicht mehr an die Glaswand schlägt. Dora sitzt und wartet, Dora schaut ins Glas, jetzt steckt sie sicher das tote Insekt auf eine

Gufe. Ein roter Tropfen fällt auf das weiße Styropor. Ich sehe ihn mit geschlossenen Augen fallen. Den Ablauf kenne ich. Manchmal schaue ich heimlich durch den Schlitz von meinem Zelt.

Ich bewundere Dora. Sie ist gescheit. Sie sagt «Mathematik». Ich kann erst rechnen. Dora sagt: «Ich geh auf mein Zimmer», wenn sie in unser Zimmer geht. Mich behandelt sie wie einen Geist. Ich habe das Stoffrestenzelt, wo ich mich verstecke, und ich habe einen Plan. Den kann sie nicht sehen. Leise stelle ich meine Spulen auf und zähle. Nur noch vier, dann ist es so weit.

Warum Mutters Stimmung an anderen Tagen ganz anders ist, weiß ich nicht. An solchen Tagen geh ich ins Haus, ohne zu zählen. Ich fädle Mutter die Fäden ein, mache einen Knopf am Ende, markiere mit der Kreide millimetergenau die Abstände. Manchmal schenkt sie mir einen der Batzen, die sie von der Heimarbeit erhält. Ihr zuliebe werfe ich ihn ins Negerkässeli, wie den Batzen am Freitagmittag, wenn wir wegen dem Hunger in Afrika fasten und nur Suppe essen. Mutter schaut auch gern zu, wie der Kopf auf dem Kässeli nach dem Einwerfen nickt.

Am liebsten schaue ich auf das Bild, das über Mutters Kommode neben der Pendeluhr hängt: Ein Fischerboot zieht auf wilder See ein volles Netz an Bord. Der See hört hinten auf mit einem Strich, danach ist nichts als Leere. Bei meiner Frage nach dem Dahinter komme ich bei Mutter nie weiter. Dampf zischt aus ihrem Bügeleisen. Vielleicht kam ich ihr zu nahe und habe sie berührt. Dann redet sie nicht mit mir. Und doch bin ich mir sicher, es muss etwas sein, hinter diesem Strich.

2

Manchmal giert es am Morgen nicht hinter der Wand. Das ist, wenn Vater erst am Mittag kommt. Er stellt die Schachtel mit den Gnagi vom Nebenverdienst auf die Küchenbank. Die Morgenschachtel mit den Spulen drin ist mir zwar lieber als die vom Mittag. Ich nehme Vater die schweren Schuhe ab. Mit seinem Metzgermesser stochere ich das Fett, das von der Metzgerei in den Rillen steckt, aus den schwarzen Gummisohlen. Ich drücke die weichen Möcklein zu einem Knollen und schiebe ihn für die Vögel an den Balkonrand.

Immer diese Gnagi. Auf der gädrigen Schwarte sind noch Haare dran. Sie sind weiß, etwas borstig, wie das Haar auf Vaters Arm. Alle mögen Gnagi. Wie ich das heute wieder schaffe, weiß ich noch nicht. Einfach chätschen und in die Wange schieben, das hat bisher nicht schlecht geklappt. Ich frage Vater: «Wie lange dauert so eine Blutvergiftung wie die von Großvater, bis der Tod einen holt?» Mutter unterbricht mich: «Beim Essen redet man nicht. Siehst du nicht, wie du Vater mit deiner ewigen Fragerei über Großvaters Tod traurig machst?» Sie kann nicht wissen, dass es um meinen Arm geht, der nicht zur Ruhe kommt. Er schmerzt, macht mir Angst, weil ich vielleicht nicht mehr lange zu leben habe und auch so sterben muss wie Großvater. Am besten, ich erzähle haargenau, was mir beim Schreiben passierte. Doch jetzt redet mein Bruder Res. Er hat Vaters Geschichte von Großvaters Tod noch nie geglaubt. Vater schweigt, als Res ihm sagt: «Das mit Großvaters Unterschrift und der Blutvergiftung ist eine Lüge. Das kannst du uns nicht mehr erzählen.» Res hat eine Spule mehr als Dora und redet am Tisch, ohne zu fragen. Mutter sagt: «Früher war das anders. Die Tinte war giftig.» Res sagt: «Ich glaube nicht, dass Großvater an einer Blutvergiftung starb.» Vater schweigt. Er redet nie, wenn es um den Tod von Großvater geht. Nur einmal hat er mit einer Gabel in der Luft herumgefuchtelt und uns gezeigt, wie schlimm es war, als es passierte. Aber seit Res sagt, er glaube ihm diese Geschichte nicht, redet Vater nicht mehr darüber.

Ich verstehe das nicht, das ist doch seine Geschichte. Dass wir nicht darüber reden dürfen, geht mir nicht in den Kopf. Ich vergesse es immer wieder und stelle dieselben Fragen. Res und Dora tun das nicht. Ihnen macht Vaters Schweigen nichts aus. Dora sagt zu Res:

«So schnell geht das nicht, das mit einer Blutvergiftung. Der Tod kommt manchmal erst nach Wochen.»

Dora weiß alles über den Tod, auch über den bei den Insekten. Ich wünsche, ich wäre auch so gescheit wie sie. Zu allem hat sie die richtige Antwort parat. «Kommt der Tod so oder so bei einer Blutvergiftung?», frage ich. Schade, Dora redet nie mit mir. Für sie bin ich ein Geist. Vielleicht sollte ich die Frage anders stellen. Mit Res redet sie nämlich. Ich würge an meinem Gnagi. Dora isst alles auf, auch die Schwarte und die Knorpel unten dran. Es knackt zwischen ihren Zähnen. Sonst hört man nichts am Küchentisch, weil man beim Essen nicht spricht.

Vater schiebt mir die Senftube zu und drückt einen gelben Kreis auf mein Gnagi. Aber schlucken kann ich das nicht. Was weich und fettig ist, würgt mich im Hals, geht nicht runter bei mir. Ich chätsche und chätsche, schiebe es in die Wangentasche, die immer dicker wird.

Mutter korrigiert an mir herum. Ich mache es wie Vater. Einfach dasitzen, nichts sagen, schweigen, zur Holzdiele schauen. Setz ich mich hin, ist es falsch. Nein, jetzt sollte ich stehen, etwas tun. Will ich etwas tun, heißt es: «Lass mich in Ruh, es geht schneller so.» Wenn ich doch dieses weiche Zeug nur runterschlucken könnte.

Vom Tisch darf ich erst, wenn alles aufgegessen ist, und bin ich endlich allein, habe ich meine Ruhe noch lange nicht. Res kommt nochmals zurück, hängt das Abtrocktüchlein vor das Küchenfenster, winkt damit so lange Richtung Uelis Scheune, bis sich drüben etwas bewegt. Res hat eine Geheimsprache mit Uelis Schwester. Ich weiß schon, was sie bedeutet. Ueli hat es mir gesagt: Wenn das Tüchlein aus dem Fenster winkt, weiß Uelis Schwester, dass Res fertig ist in der Küche. Dann treffen sie sich drüben in der Scheune.

Das Gekätschte in meiner Wange spucke ich hinter dem Kreuz ins Änziloch. Ich zähle, bis es unten ankommt. Dann schaue ich den Steinen zu, wie sich einer nach dem andern endlos aus der Nagelfluhwand löst und in die Tiefe rollt, wo die Geister hausen. Mutter sagt, es habe auch Großgrundbesitzer da unten. Als Strafe, weil sie den armen Bauern vom stotzigen Napf das Land wegkauften, für nur ein paar Batzen. Mein Großvater ist sicher auch unter ihnen. Vielleicht redet Vater deshalb nicht gern und nur selten von ihm.

Großvater war Pferdefuhrhalter. Jedes Jahr kaufte er sich ein Stück Land, bis er so viel besaß, dass die Leute ihn Großgrundbesitzer nannten. Er war schon fünfundvierzig, als er meinen Vater, meinen Onkel und meine Tante machte. Vater war der Jüngste. So wie ich jetzt seine Jüngste bin. Eine Pappelallee führte zu seinem Schloss, mit Blick auf den Sempachersee. So stelle ich mir vor, muss es ausgesehen haben, wo Vater als Kind mit seiner Familie lebte.

Vater ist groß wie ein Baum. Unter seinem Hemd wölbt sich ein mächtiger Bauch. Als er sich entschied, Schloss, Land und Pferde seinem Bruder zu überlassen, fielen ihm die ersten Haare aus. Jetzt hat er eine Glatze. Immer schweigt er. Sein Schloss hat er uns noch nie gezeigt. Mutter will es so. Keinen Fünfer will sie von denen. Mit «denen» meint sie Vaters Bruder und seine Familie, die ich nicht kenne. Die leben auf dem Schloss und sehen auf den Sempachersee. Dafür sehen wir ins Änziloch, wo der Donner entsteht.

Am Himmel türmen sich Wolken auf. Bäuchlings krieche ich vor, hake mich mit den Füßen hinten ans Kreuz, schaue in die Tiefe. Am besten ist es kurz vor dem Regen. Wenn in so einem Moment die Sonne nochmals hinter einer Wolke hervorscheint und dabei das Änziloch trifft, dann kann man sie sehen, die Geister. Doch das hat bei mir noch nie geklappt.

Der Herr Pfarrer kommt im langen, schwarzen, wehenden Mantel mit dem Wasserkessel den Napf hoch. Er drückt seinen Schuh auf meine Füße: «Willst du auch dort unten bei den Geistern landen, wie die Änzilochjungfrau?» Ich zucke zusammen. Ich habe das Verbotene getan. Der Herr Pfarrer sieht das gar nicht gern. Und das mit dem Gnagispucken soll er ja nicht meiner Mutter sagen. Ich nehme ihm besser den Wasserkessel ab und gehe schnell voraus damit.

Ob Schnapser oder Pfarrer, wenn Besuch kommt, ist Mutter ein anderer Mensch. «Bhüet Euch Gott. Man sieht, es gibt Häuser, wo das Glück drin lebt», sagt der Herr Pfarrer. Er schreibt mit einer Kreide «19 C+M+B» und das neue Jahr über die Eingangstür. Immer im Frühling segnet er die Häuser am Napf, mit dem heiligen Wasser, das er von der Kirche zu uns hochschleppt.

Innen im Haus ist Res am Trompete Üben. Er ist wieder zurück von Uelis Scheune. Er hat sein eigenes Zimmer. Es tönt immer gleich da drin. Zuerst die Tonleiter, die finde ich nicht schlecht. Sie hat dreizehn Töne, die zähle ich manchmal mit. Wenn Mutter die Fröhlichkeit hat, so wie heute, summe ich sie sogar. Und dann spielt er ein Stück ab Notenblatt. Es soll ein Musikstück sein, was er jetzt spielt. Aber mir tut das weh in den Ohren. Eine Melodie ist das nicht.

Der Herr Pfarrer wedelt mit dem nassen Fichtenzweig vor meinem Kopf: «Lilly wird einmal so schön wie ihre Mutter.» Er greift tief unter seinen schwarzen Mantel, schenkt mir ein Heiligenbild mit der Maria drauf. Ihr Herz blutet, ein Schwert steckt drin. Dora kriegt keins. Entweder, weil sie schon sechs Spulen mehr hat wie ich, oder weil der Herr Pfarrer weiß, was sie tut, mit den Insekten auf ihrem Tisch. Mit einem gelangweilten Blick auf mein Bild lässt sie uns stehen und geht in ihr Zimmer. Wenn Mutter katholisch wird, so verspricht ihr der Herr Pfarrer, gehört sie auch zum vorderen Napf. Dann ist sie fähig, uns Kinder katholisch zu erziehen. Bei mir sei es besonders wichtig, weil ich bald zum ersten Mal beichten müsse.

Ich weiß schon, wo. «Bei dir. Im dunklen Ghütt, im Seitengang der Kirche. Da wo du hinter dem Vorhang sitzt und denen die Beichte abnimmst. Ich bin protestantisch, ich muss das nicht.» Er warnt mich, nicht so vorwitzig zu sein wie die Änzilochjungfrau, sonst wisse ich ja, wo ich einmal lande. Dabei wedelt er mit dem Fichtenzweig Richtung Kreuz. Jetzt sagt er sicher, was er gesehen hat mit dem Gnagi. Aber Mutter verschwindet zum Glück im Gang, verspricht dem Herrn Pfarrer, das mit dem Katholischwerden wolle sie sich überlegen, und kommt mit der Batzensammlung in ihrer Büchse zurück.

Ich zähle mit, was sie dem Herrn Pfarrer gibt. Das sind so viele Batzen fürs Haussegnen, wie sie für eine halbe Schachtel Heimarbeit verdient. Ich glaube, Vater zählt auch mit. Er hält nicht viel von der Kirche, obwohl er katholisch ist. Am Sonntagmorgen geht er selten in die Messe, liegt lieber mit uns im Bett und erzählt von seinen Erfindungen. Der Herr Pfarrer weicht Vaters Schweigen aus. Er tunkt den Fichtenzweig so tief in den Wasserkessel, als wollte er die ganze Welt segnen, und fuchtelt damit den Napf hoch zu Uelis Scheune.

Mit Vreneli, Keli und Viertelabnüüni habe ich schon mal probiert, ins dunkle Ghütt im Seitengang der Kirche zu gehen. Wir taten es heimlich, alle vier. Stockdunkel ist es dort drin. Der Herr Pfarrer sieht sicher auch nichts.

Mutter zieht mich am Arm. Sie weiß nicht, wie sie mir Schmerzen macht, mit ihrem Griff. Es ist wieder so weit. Immer, wenn jemand sagt, ich werde einmal so schön wie sie, dann stellt sie das Taburettli in die Badewanne. Zu gern hätte ich auch lange Zöpfe wie Vreneli, nicht den Nacken kahlgeschoren. «Es ist gesünder fürs Haar», sagt Mutter und schneidet, ratsch ratsch, wie einem Strich entlang, mit der Krawattenschere, ohne einmal abzusetzen.

Es kracht ein Donner im Änziloch. Blitze erhellen die Badewanne. Draußen vor dem Fenster peitschen Tannen aneinander. Bless reißt jaulend an seiner Kette. Hastig helfe ich Mutter, die leeren Kübel hinauszutragen. Das tun wir zum Regenfangen für Mutters Geranien. Ich stelle auch den leeren Topf von Bless auf die Wiese, weil alles, was ich mit Mutter mache, so schön ist für mich. Schon klatscht es nass auf meine Stirn. Ich warte vor den Kübeln, bis sie platschvoll ruhig stehen, beuge mich über mein Spiegelbild, wo mir eine Anstältlerfrisur entgegenschaut.

Ich drücke an meinem Arm. Er hat sich verändert, ist leicht geschwollen, die schwarze Stelle ist rot geworden und wölbt sich zu einem runden Hoger. Es kribbelt wie in einem Ameisenhaufen unter meiner Haut. Ein bisschen wird mir unheimlich dabei. Ich gehe zu

Dora, die Kärtchen mit lateinischen Namen anschreibt, schenke ihr mein Heiligenbild vom Herrn Pfarrer. Vielleicht gibt sie mir eine Antwort, wenn ich frage, wie das genau geht bei einer Blutvergiftung. Sie nimmt das Bild, stellt es zu den Schildern in ihre Insektensammlung. Sie hat zu tun, sie braucht jetzt sicher ihre Ruhe.

Es ist still hinter der Wand, kein Schnarchen, Vater ist wach. Ich schleiche durch den Gang zu ihm ans Bett. Er schaut hoch zur Holzdiele, streicht über meine kurzen Haare, als täte es ihm leid, dass ich schon wieder so wie die von der Anstalt hinten am Napf aussehe. Sagen tut er nichts, wie immer. Ich setze mich auf den Rand seines Betts. Seine Zehen stehen unten aus den Hosen senkrecht auf, sind riesig, oben rund wie seine Spulen. Ich zähle sie.

Vater könnte ich fragen und ihm zeigen, was mir am Arm passierte. Vielleicht hört er dann auf zu schweigen, weil er so etwas schon gesehen hat, als Großvater starb. Aber erst muss ich wissen, ob es eine Lüge ist, was er uns erzählt. Ich frage: «Ist Großvater beim Unterschreiben für ein neues Stück Land wirklich ausgeschlipft und hat sich dabei in den Arm gestochen?»

Immer schweigt Vater. Wenn ich nur wüsste, was er denkt und was er uns nicht sagen will. Irgendetwas stimmt nicht an seiner Geschichte. Fräulein Sidler sagt, wer schweigt, hat etwas zu verheimlichen. Jetzt schaut er mich an. Ich schiebe schnell meinen Ärmel vom Pullover nach hinten. Da beginnt Vater zu reden: «Ich erinnere mich noch genau an den Tag, als mein Vater starb. Ich war vier Jahre alt. Rund um das Totenbett saßen schwarz vermummte Frauen, sangen traurige Lieder, beteten mit Rosenkränzen. Ich stand an der Fuessete von Vaters Bettgestell, berührte seine Zehen. Sie waren steif und kalt.» Vater schweigt wieder, schaut hoch zur Holzdiele. Vielleicht braucht er jetzt auch seine Ruhe. Er muss vorschlafen, weil er zur Nachtschicht geht. Das mit meinem Arm hat sicher noch Zeit.

3

In der Christenlehre stellt uns der Herr Pfarrer Fragen zum Glück. Es gibt Dinge, die einem Glück bringen im Leben. Wem etwas einfällt, der darf es an die Tafel zeichnen. Vreneli steht schon auf. Jetzt duftet es wie eine Räucherwurst an mir vorbei. Ich höre sie noch «Säuli» sagen. Dann weiß ich nichts mehr. Alles geht weg, in meinem Augenschlitz. Wie Vreneli das Säuli an die Tafel malt, sehe ich nicht, erst als sie zurückkommt, sich wieder setzt und mich schüttelt an meinem Arm, bin ich sofort hellwach. Jetzt hat sie es sicher gesehen, das mit meinem Schlaf. Diesmal habe ich sogar geredet, ich weiß noch was: «Mein Großvater ist gestorben.» Vreneli hängt sich bei mir ein, will mich trösten. «So etwas muss man sofort dem Herrn Pfarrer sagen, aber schnell.»

Zum Glück streckt Viertelabnüüni auf: «Dreizehn

bringt Unglück, Herr Pfarrer.» Der Herr Pfarrer nickt, schreibt mit Kreide selber die Zahl an die Tafel und macht einen Kreis rundum. «Nehmt euch in acht vor dieser Zahl! Es gibt Menschen, die würden nie in ein Zimmer gehen, wo eine Dreizehn auf der Tür steht.» Ich mache mich sofort frei von Vrenelis Arm.

Viertelabnüüni streckt nochmals auf: «Ein Kaminfeger bringt Glück, oder wenn ein Hühnervogel über dir kreist. Noch besser ist es, wenn er pfeift dabei.» – «Anders ist es bei der schwarzen Katze», redet Vreneli ihm ins Wort. Der Herr Pfarrer nickt und sagt: «Wenn sie euch am Morgen über den Weg läuft, bringt sie Unglück.» Ueli schüttelt heftig seinen Kopf, will nein sagen, es stimme nicht, was der Herr Pfarrer sage. Aber der drückt ihm schon die Kreide in die Hand. «Los, Ueli, steh auf, zeichne eine Katze an die Tafel.»

Ich denke an meine Lieblingskatze bei meinen protestantischen Großeltern, hinten am Napf, wo Mutter herkommt. Mizli heißt sie und hat ein schneeweißes Fell. Sie hat mich bis jetzt nur glücklich gemacht.

Ueli ist fertig mit seiner Zeichnung. Eine Katze ist das nicht, es sieht vielmehr aus wie eine Ratte. Er bleibt vorn an der Tafel stehen und starrt. Der Herr Pfarrer sagt: «Ueli, du kannst dich wieder an deinen Platz setzen.» Ueli starrt weiter und sagt: «Immer am Morgen.» Weiter kommt er wieder nicht. Er starrt ins Leere, statt dass er uns endlich sagen würde, was er mit «Immer am Morgen» meint. Dabei hat er diesmal so gut begonnen.

Mich nimmt wunder, was bei Ueli am Morgen passiert. Aber der Herr Pfarrer macht einfach weiter. Fräulein Sidler, da bin ich sicher, hätte Ueli jetzt reden lassen, weil jedes Kind das Recht hat, seinen Satz fertig zu machen.

Der Herr Pfarrer stempelt glücks- und unglücksbringende Bilder in unsere Hefte. Wir malen sie aus. Bei der Zahl Dreizehn nehme ich blau, wie ich das zu Hause mit Vaters Spulen mache. Während wir malen, geht der Herr Pfarrer durch die Reihen. Bei mir bleibt er stehen, streicht mir über die Anständtlerfrisur. Ich schaue auf die langen Zöpfe von Vreneli und fühle die Hand vom Herrn Pfarrer auf meinem kurzen Haar. Er sagt: «Ihr sollt immer über alles reden, wenn ihr etwas auf dem Herzen habt.» Vreneli drückt wieder an meinem Arm und flüstert: «Sag es ihm.» Ich schüttle ihre Hand ab, jetzt muss ich natürlich reden, sonst tut es Vreneli. Ich sage: «Was ist das, Herr Pfarrer, das nachts klopft im Treppenhaus und immer näher kommt?» Der Herr Pfarrer findet meine Frage interessant, denn er möchte von mir hören, wie das genau tönt. Ich zähle, so wie ich im Bett die Töne zähle, die ich höre: «Eins, zwei, drei, vier, fünf, sechs, sieben, acht, neun, zehn, elf, zwölf, dreizehn.»

Der Herr Pfarrer schreitet zurück an die Tafel, auf den Kreis mit der Unglückszahl zu, sein langer schwarzer Mantel schwingt dabei links und rechts an den Bänken hoch, und er holt tief Luft, bevor er mir eine

Antwort gibt. «Das ist der Tod, ich warne euch, er holt einen, wenn man es nicht erwartet. Alle müssen einmal mit ihm gehen. Wichtig ist, immer bereit zu sein für ihn, mit einem reinen Herzen. Er kann plötzlich kommen, der Tod.»

Einen Toten habe ich noch nie gesehen. Vreneli auch nicht. Ueli kennt das, weil seine Mutter gestorben ist, und bei Viertelabnüüni weiß ich nicht, ob es stimmt, wenn er sagt, er habe schon einen richtigen Toten gesehen und müsse deshalb nicht mit uns kommen. Vreneli und ich beschließen, es auch ohne die beiden zu tun. Der Herr Pfarrer hat nämlich mit erhobenem Finger auf unsere Bankreihe gezeigt, als er sagte, wie wichtig es sei, einen Toten gesehen zu haben, bevor wir zum ersten Mal beichten gehen.

Vreneli glaubt alles, was der Herr Pfarrer sagt. Ich mache mit, weil es um den Tod geht und ich nicht weiß, wie lange ich noch zu leben habe. Wir gehen die Treppe hinter der Kirche runter. Vreneli nimmt mich wieder am Arm. Ich hasse es, wenn sie immer einhängt bei mir. Jetzt lasse ich es geschehen, dann stellt sie keine weiteren Fragen zu Großvaters Tod. Zudem habe ich selber Angst.

Unter der Treppe eingehauen, führt ein dunkles Loch in die Totenkapelle. Es braucht mehr Mut, als in ein Güllenloch hinunterzusteigen. Freiwillig würde ich da nie hineingehen. Unsere Schatten zittern mit uns über die eiskalten Wände. Wir schlottern in den dünnen Sommerkleidern. Vreneli geht voraus. Ich folge dicht hinter ihren Zöpfen. Wie schön muss es sein, lange Haare zu haben. Dahinein holt er einen, der Tod, wenn man stirbt. Es riecht nach etwas, das ich draußen noch nie gerochen habe. Vreneli stellt sich schon auf die Zehenspitzen, schaut hoch zum Toten. Ich bleibe dicht hinter ihr, aber den Kopf des Toten kann ich nicht sehen, wegen ihr. Ich zähle. Bei dreizehn wirbeln ihre Zöpfe durch die Luft. Vreneli prallt in mich hinein, rennt weg vom Toten. An diesem Ort zu landen jagt mir solche Angst ein, dass ich auch kehrtmache, ohne richtig auf den Toten geschaut zu haben. Im Rücken habe ich das Gefühl, er verfolge mich. Ich spüre ihn ganz genau. Er ist dicht hinter mir, wie kalte Luft. Ich renne hinaus, an Vreneli vorbei, fühle, wie der Tote mir folgt. Der Geruch, die Kälte, alles kommt mit.

Ueli und Viertelabnüüni warten oben beim Kreuz auf uns. Nebel steigt aus dem Änziloch. Es sieht unheimlich aus. Vreneli sagt: «Die Geister sind am Kochen.» Ich beschreibe Ueli und Viertelabnüüni den Toten. «Seine Zehen sind steif und kalt. Der graue Bart ist angefroren am Totenbett.» Obwohl ich am Erzählen bin, redet Vreneli wieder drein, in mein Wort. Sie sagt: «Lilly lügt. Die Tote ist eine Frau, die vom Metzger Zemp.»

Abends, wenn Vater zur Nachtschicht geht, spielt Mutter mit den selbstgemachten Kasperlefiguren die Änzilochgeschichte an unserem Doppelstockbett. Dora liest unter mir, sie hört nicht mehr mit. Beim Spielen habe ich Mutter ganz allein für mich. Weil es so schön ist, beginnt das Würgen in meinem Hals. Ich weiß nicht, was das ist mit mir, warum mein Hals enger wird, wenn es schön ist und Mutter vor mir steht. Dora hat das Heiligenbild mit einer Gufe genau auf meiner Betthöhe an die Wand gehängt. Ich sehe das Schwert und das Blut im Marienherz.

Mich dünkt, ich rieche wieder diese Luft von der Totenkapelle. Mir ist kalt. Ich ziehe die Füße hoch, bis zum Bauch. Die Zehen sind steif in meiner Hand, ich reibe sie warm, höre wieder den Herrn Pfarrer sagen: «Der Tod holt einen, wenn man es nicht erwartet. Alle müssen einmal mit ihm gehen. Wichtig ist, immer bereit zu sein für ihn, mit einem reinen Herzen.» Ich berühre den Hoger an meinem Arm. Mich dünkt, er wird höher und wärmer. Wenn ich nur wüsste, wie schnell das geht, mit so einer Blutvergiftung. Mutter ist jetzt bei der Geschichte da angekommen, wo die Änzilochjungfrau den Hund von der Kette befreit. Ich weiß, was jetzt kommt, das ist meine Lieblingsstelle: «Die Änzilochjungfrau jagt jedem, der sie heiraten will, den Hund auf die Fersen.»

Zu Mutters Stimme könnte ich einschlafen. Jetzt geht sie weg von meinem Ohr. Ich kann machen, was ich will, alles geht weg von mir, auch die Änzilochjungfrau in Mutters Hand. Meine Augendeckel werden schwer. Ich strenge mich an, nur nicht einschlafen. Ich muss doch Mutter zuhören, was sie mir hinter den Kasperlefiguren erzählt, sie tut es für mich, sie darf nicht sehen, dass ich dabei einschlafe.

Es ist trotzdem passiert, nur ein paar Sekunden. Vielleicht waren es etwas mehr, ich habe nicht gezählt. Schon hängt Mutter die Figuren an die Wand. Das Ende habe ich wieder verpasst, weiß immer noch nicht, warum die Änzilochjungfrau nicht heiraten will.

Die Tür lässt Mutter einen Spalt offen und das Licht im Gang brennen. Es scheint auf die Kasperlefiguren und auf das Marienbild. Es ist immer dasselbe bei uns zu Hause, der Türspalt bleibt offen, das Licht im Gang brennt. Mutter geht ins Zimmer zu meinem Bruder Res, dann zurück an die Heimarbeit. Ich höre genau hin, bis sie einnickt über den Krawatten, das Licht ausmacht im Gang, ins Elternschlafzimmer geht und auch dort die Tür einen Spalt offen lässt.

Durchs Fenster sehe ich das Licht an Uelis Scheune, höre das Fallen der Steine ins Änziloch. Wenn ich nur mit Mutter reden könnte, die Kälte, der Geruch, alles ist wie in der Totenkapelle, sobald sie das Licht auslöscht. Tränen fließen über mein Gesicht, tropfen kalt ins Ohr. Ich drücke am Arm.

Jetzt kommen wieder diese Töne. Sie werden lauter, dröhnen in meinem Kopf. Alles tönt nachts lauter als am Tag. Das Flattern eines aufgewachten Insekts an Doras Gufen, der Tod im Treppenhaus, der näher kommt. Ein Kauz, der im nahen Wald ruft. Alles ist so laut, auch wenn ich mich aufsetze im Bett. Nur nicht die Töne zählen. Das muss ich mir abgewöhnen. Es dröhnt, es saust. Ich lege mich hin, ich gähne, verzerre den Mund, reiße ihn auf, das hilft manchmal, aber nur kurz. Ich drücke die Finger auf die Ohren. Alles umsonst. Den Tönen in der Nacht kann ich nicht entkommen. «Hörst du das auch?» Dora stellt sich schlafend, unter mir. Mein Bruder Res steht im Spalt. Er schiebt die Tür auf. Es ist Zeit, die Leiter hinabzugehen.

Doras Taschenlampe blitzt auf. Ein Licht schwebt durchs Zimmer. Das ist, wenn sie umblättert, unter mir. Ich taste mich die Leiter runter, bis zur offenen Tür, folge im Nachthemd dem Schatten von Res in den Gang, wie durch einen dunkeln Schlauch. Es ist mäuschenstill. Hinter mir höre ich nur das Ticken der Pendeluhr aus der Stube. Auf der Glastür der Küche bewegt sich etwas, da geht auch jemand, das bin ich. Ich taste mich der Kante vom Schuhchäschtli entlang. Den Schlüsselbund schiebe ich etwas nach hinten, er darf nicht runterfallen. Dabei berührt meine Hand das Negerkässeli. Der Kopf nickt, obwohl ich keinen Batzen eingeworfen habe. Jetzt habe ich die runden Holzgriffe in der Hand, das sind die Regenschirme. Ich horche auf. Es kommt von draußen. Bless winselt, er hört alles. Ich taste mich zum Ofen. Mit den Zehen spüre ich die Kälte vom Eisenfuß. Nur nicht gegen den Holzkorb stoßen. Der steht jedes Mal an einem anderen Ort. Es knackt unter meinem Fuß. Ein Tannzapfen. Besser, ich lege ihn jetzt schon zurück in die Mitte des Korbs, damit die anderen Zapfen nicht ins Rollen kommen.

Ich lausche an Mutters Türspalt. Dahinter ist es still. Wenn sie nur nichts hört. Das ist meine größte Angst. Ich taste mich der Schwelle beim Eingang entlang zum Badezimmer. Hinter der Tür erwartet mich der dunkle Schatten.

Mit einer Hand klammere ich mich an den Wannenrand. Draußen winselt Bless. Er spürt meine Nähe, rasselt an der Kette. Wenn er nur nicht bellt. Nicht jetzt. Die andere Hand gebe ich meinem Bruder. Vielleicht hat er kalt. Ich muss an dem Ding reiben zwischen seinen Beinen, so wie ich mir die Finger reibe, wenn es mich friert. Ich schaue nicht hin. Ich zähle lieber. Bei dreizehn bekommt es warm, schrumpft zusammen. Dann kann ich gehen, vorbei an Mutters Türspalt, zurück ins Zimmer.

Es ist noch nicht vorbei. An der Leiter zum Doppelstockbett greift Dora nach meinem Fuß. Sie hat auch kalt. Aber nicht am Finger. Sie zieht meine Hand unter die Decke, legt sie auf etwas, das warm und weich ist wie ein Gnagi. Da muss ich drücken, bis sie atmet wie Res. Dann schiebt sie mich weg.

Jetzt, wo ich Ruhe habe, kommt die lange Nacht, das Warten, bis ich endlich schwer werde und einschlafen kann. Es klopft. Meine Augendeckel flattern wie die Flügel auf den Gufen von Doras Sammlung. Jetzt habe ich wieder die Töne von der Pendeluhr mitgezählt. Zum Glück schlägt sie nie bis dreizehn. Man weiß ja nie, ob das mit der Unglückszahl doch stimmt.

Bei Ueli brennt Licht. Das Kreuz leuchtet über dem Änziloch. Es mahnt mich an das Böse. Ich schaue auf das blutende Herz, auf die Änzilochjungfrau und ihren Hund. Er starrt mich an, mit roten Augen.

Gegen Morgen verschwindet alles, geht weg von mir, auch die Töne. Endlich kommt der Schlaf. Im Traum klettere ich auf einem steilen Pfad nach unten, folge dem Licht, das immer näher kommt. Ich gehe tiefer und tiefer, und doch komme ich nie unten an. Hinter mir ist es dunkel wie die Nacht. Wieder zurück kann ich nicht, das weiß ich ganz genau.

Es giert hinter der Wand, dreizehn Mal. Ich schrecke hoch aus meinem Traum. Jetzt, wo ich endlich schlafen kann, muss ich in die Schule. Es ist Morgen. Drüben an Uelis Scheune brennt das Licht. Auf der Küchenbank steht Vaters Morgenschachtel. Endlich bringt er wieder Spulen. Ich stelle sie schnell in mein Zelt, zum Anschreiben habe ich jetzt keine Zeit.

Am Morgen habe ich Hunger. Das Frühstück ist mir das Liebste. Ich verschlinge Brot mit Honig und trinke warme Milch. Dabei erzähle ich von Uelis Licht an der Scheune, von der schwarzen Katze, die am Morgen Unglück bringt, vom Hühnervogel und vom Tod im Treppenhaus. Mutter sagt, ich phantasiere, was ich wieder alles gehört und gesehen haben wolle. Ich sage: «Ich weiß es doch, weil ich nachts nicht schlafen kann.» Das glauben sie mir nicht. Ich sage: «Ich kann es beweisen, ich höre die Pendeluhr Stunde für Stunde, bis um vier.» Res sagt: «Schlagen tut es auch ohne die.» Mit «die» meint er mich. Beim Reden schaut er mich nicht an, das tut er nie, auch nicht, wenn ich ihm nachts durch den Türspalt ins Badezimmer folge. Es ist immer dasselbe. Man glaubt mir nie. Dora weiß vom Gymnasium: «Wer nicht schläft, der stirbt.» Und Mutter sagt: «Uelis Vater hat es schwer. Er muss eine ganze Familie ohne Mutter allein ernähren, das ist hart.»

Ich fühle, etwas stimmt nicht an diesem Tisch. Alle haben recht, nur ich nicht. Ich sage: «Ich lüge nicht, ich sage genau das, was ich nachts höre und was ich sehe, bis ich meine Ruhe habe.» Jetzt starren Res und Dora mich an. Dabei habe ich gar nicht alles gesagt. Was ich mit ihnen tue, darüber rede ich nicht, zu keinem Menschen. Nie, nicht mal zu Vreneli, Ueli oder zu Viertelabnüüni. Wenn wir uns unter der Linde Dinge sagen, die wir nur der Linde sagen, und uns schwören, alles, was wir der Linde sagen, bleibe hier bei ihr, so würde ich das nicht mal der Linde zu sagen wagen. Etwas in mir sagt, es ist schlimm, was ich tue in der Nacht. Darüber rede ich lieber nicht am Tisch, schon gar nicht am Morgen, wenn Vater schläft. Ich will nicht, dass Mutter Gufenaugen bekommt wegen mir, dass sie mich schlagen muss und ich schuld daran bin, wenn Vater aufwacht, hinter der Wand. Vater muss sich erholen für die Erfindung, damit Mutter nie mehr Heimarbeit nähen muss, wie er ihr das jeden Sonntagmorgen verspricht.

4

Am Sonntagnachmittag treffen wir uns oben bei der Linde. Vreneli, ich, Ueli und Viertelabnüüni. Hier oben sitze ich gerne. Es riecht so süß, wenn der Wind in die Blätter geht. Wir glauben, was Fräulein Sidler uns sagt: Baumstämme haben heilende Kräfte und machen Wünsche wahr. Wir stellen uns mit dem Rücken an den Stamm und schwören: «Was wir der Linde sagen, bleibt hier bei der Linde.» Wir legen uns auf den Rücken ins Gras, stemmen die Füße gegen den Stamm. Es knackt im Geäst, wenn wir unsere Wünsche sagen.

Ich beginne meist als Erste, weil ich schon die ganze Woche darauf plange und es kaum erwarten kann, der Linde das zu sagen, was ich zu Hause nicht zu sagen wage. Und überhaupt, weil der Herr Pfarrer auch sagt, wenn wir etwas auf dem Herzen haben, sollen wir darüber reden. Ich sage: «Ich wünsche, mein Vater hört auf zu schweigen und zeigt mir endlich das Schloss, wo alles passierte. Ich muss mit meinem Onkel reden, damit er mir sagt, wie Großvater gestorben ist.» Hinter den Ästen werden die grauen Wolken schwarz am Himmel. Ich rieche es in der Luft, ein Gewitter naht, weit weg tönt der erste Donner.

Vreneli sagt: «Mein Vater hat genug vom Nebenverdienst. Ich will nicht zügeln, ich will nicht zu den Protestanten gehen. Ich will keine Anstältlerfrisur. Lieber gehe ich zu den Geistern ins Änziloch, als meine Haare zu schneiden.» Ich bin sicher, jetzt hat sie zu mir geschaut. Aber ich schaue nicht. Wir haben das abgemacht. Die Linde kann nur helfen, wenn wir ihr vertrauen.

Ueli sagt: «Immer am Morgen.» Ich weiß, jetzt kommt das mit der Katze. Aber Ueli macht wieder seine Pause. Ich schaue ganz fest in die Äste der Linde und wünsche: Ueli, mach deinen Satz fertig. Es funktioniert. Ueli redet weiter: «Ich möchte auch zu meiner Mutter gehen. Das, was der Muni mit der Kuh macht, macht Vater mit mir, seit Mutter gestorben ist. Immer am Morgen, in der Scheune.»

Es blitzt in der Ferne. Ich zähle. Weil immer, wenn es blitzt, zähle ich die Sekunden. Ich kann fast bis dreizehn zählen. Das heißt, es dauert noch eine Weile, bis das Gewitter bei der Linde ankommt.

Viertelabnüüni wartet noch ein paar Sekunden. Das hätte ich auch getan, weil ich das mit der schwarzen

Katze von Ueli erwartet habe. Aber er sagt nichts mehr. Jetzt beginnt Viertelabnüüni: «Ich wünsche, mein Vater findet auch einen Nebenverdienst und hört auf zu singen. Am Morgen trinkt er immer. Er trinkt den ganzen Tag, auch am Abend, wenn er nach Hause kommt. Meine Mutter weint, weil er immer singt. Und weil er mit dem Schnapsen nicht genug Geld verdient.»

Ich habe Glück mit meinem Vater. Er kommt nur selten betrunken nach Hause. Aber wenn er zu viel trinkt, dann singt er auch. Viertelabnüüni sagt nichts mehr. Er ist auch fertig. Wir stehen auf und schwören: «Alles, was wir der Linde sagen, bleibt bei der Linde.» Nach dem Schwören reden wir nie darüber, was wir der Linde gesagt haben. Das haben wir abgemacht, weil alles, was wir der Linde sagen, nur funktioniert, wenn wir es der Linde und sonst niemand anderem sagen.

Der Himmel ist jetzt kohlrabenschwarz. Der Wind treibt die Wolken tief über den Napf. Die Strommasten schwanken. Die Spitzen der Tannen schlagen aneinander. Es blitzt gefährlich, schon viel näher. Diesmal komme ich beim Zählen nur noch auf fünf, bis es donnert. Also hat es ziemlich nah von hier eingeschlagen. Vreneli warnt mich, ich solle aufpassen mit meinem Zählen, die Geister könnten sich rächen und überhaupt, der Donner entstehe im Änziloch.

Ich weiß aber von Dora, dass kein Blitz ist wie der andere. Wenn es drei Sekunden geht, bis es donnert, hat es einen Kilometer weit weg eingeschlagen. Das sagt ihre Mathematik. Ueli und Viertelabnüüni glauben eher an das, was Vreneli sagt. Vielleicht haben sie ja recht. Auch bei Mutters Geschichte entsteht der Donner im Änziloch. Wenn ihre Geisterfiguren zur Strafe Steine raufstoßen und es nie bis zu mir an die oberste Stufe der Doppelstockleiter schaffen, weil sie ihnen immer wieder runterfallen, dann donnert es unter mir. Da hilft sicher Dora mit. Ich zähle trotzdem die Sekunden, weil ich gerne zähle.

Vreneli rennt los. Wir folgen ihr in den Wald, wo Rauch aufsteigt. Sie bringt ihrem Vater das Essen im Kesseli an den Nebenverdienst. Der Wecker rasselt aus der Waldhütte, wo ihr Vater wochenlang ganz allein auf einer Matratze am Boden schläft. Er muss jede Stunde den Druck im Kohlenmeiler kontrollieren, Tag und Nacht, und wenn der Sturm so wütet wie heute, schläft er überhaupt nicht. Als wir ankommen, macht er rundherum alle Löcher zu. Schade, dabei hat es vorhin so schön gepfiffen. Ich drücke heimlich wieder ein Loch in den Meiler, sehe, wie innen die Glut aufleuchtet. Jetzt pfeift es wieder, aber Vreneli macht das Loch schnell zu, weil ein Meiler nie brennen, nur glühen darf, wie sie sagt.

Immer will Vreneli alles besser wissen. Wegen einem einzigen Loch kann es sicher nicht brennen. Zum Ablenken gibt sie mir ein Stück Kohle, das gebe eine schöne Stimme. Dass die von diesem schwarzen Zeug essen kann! Mir schmeckt das nicht, ich spucke es wieder aus, will nicht so eine dünne Stimme wie sie. Lieber hätte ich durch das Loch geschaut, das jetzt wieder zu ist. Dann steige ich halt die Leiter hoch, auf den Meiler.

Ueli bleibt allein unten stehen, als Vrenelis Vater seine rußigen Finger über die Augen wölbt und für uns das Käuzchen spielt. «Seht ihr das Käuzchen mit den großen Augen?» Er presst die Fingerspitzen vorne zusammen, drückt sie auf die Nasenspitze. «Mit seiner spitzen Nase.» Dann spreizt er die Finger, legt sie an die Ohren. «Und seinen spitzen Ohren.» Er krümmt die Finger zum Angriff. «Krallen hat es, statt Zehen.» Er rollt die weißen Augen im rußigen Gesicht. «Es sitzt im Baum und starrt dich an.» Die Hände legt er an die Schultern, wippt mit den Ellbogen auf und ab. «Es flattert mit den Flügeln.» Dann ruft er durch die Finger: «Uhu, uhu, uhu.» Es tönt wie echt. Vreneli sagt: «Käuzchen künden den Tod an.» Jetzt starrt Ueli unten am Meiler sicher wieder ins Leere. Was unheimlich ist, mag er nicht.

In dieser Nacht tut der Sturm wie wild. Mich dünkt, weit weg ruft ein Käuzchen. Mir ist kalt, ich reibe an meinen Zehen, die wie gefrorene Stecken sind. Nichts zu machen. Nur der Arm hat heiß und wird immer dicker. Wenn das stimmt, was Vreneli von den Käuzchen behauptet, gehe ich lieber zu Bless. Ich will nicht allein sein, wenn der Tod mich holt, und schleiche durch den Türspalt, hocke draußen neben Bless. Er winselt und sucht auch die Nähe.

Ich drücke an meinem Arm. Dora hat gesagt, eine Blutvergiftung kann manchmal Wochen dauern, bis zum Tod. Jetzt sind es schon so viele Tage, seit ich mich gestochen habe. Nur nicht in die Totenkapelle. Bless wird plötzlich still, schaut Richtung Wald, wo der Sturm den Rauch vom Köhlern in unsere Richtung treibt. «Uhu, uhu, uhu.» Das muss Vrenelis Vater sein. Ich forme, wie er uns das zeigte, die Hände und rufe zurück: «Uhu, uhu, uhu.» Er gibt mir Antwort. So geht das eine Weile hin und her. Aber der Ruf kommt plötzlich näher, von Baum zu Baum. Bless richtet den Schwanz kerzengerade auf. Es geht nicht lange, da höre ich Flügelschlagen. Ein echtes Käuzchen kreist im Dunkeln über uns. Jetzt kann ich es sehen, Bless auch. Der Sturm tut wie wild, vertreibt das Käuzchen zum Glück wieder.

In dieser Nacht fallen nicht nur Tannen um, ganze Strommasten reißt es mit. An Uelis Scheune hat es kein Licht. Sein Vater hat zu tun. Nur das Kreuz leuchtet über dem Änziloch. Das hat der Sturm noch nie erwischt.

Ein Motorengeräusch weckt Bless und mich am frühen Morgen. Der Heimarbeitbus fährt rund um den Napf, wie Viertelabnüünis Vater mit seiner Schnapsmaschine. Er holt die fertigen Krawatten und bringt neue Schachteln. Der Fahrer hat an mich gedacht, er schenkt mir einen Sack mit Stoffresten, die nicht so klein sind wie die von den Krawatten, damit ich mein Zelt vergrößern kann. Die schönsten sammle ich und binde mir Maschen ins Haar. Aber nur, wenn ich allein bin.

Eine Schachtel hat fünfzig Krawatten. Das gibt für jede Krawatte einen Batzen. Damit füllt Mutter ihre Büchse, die immer schwerer wird. Sie schließt sie in die Kommode ein und rüttelt an der Schublade, die sperrig ist. Dann wackelt alles, auch das Bild mit dem Strich an der Wand. Den Schlüssel schiebt sie vor unseren Augen hinters Zifferblatt der Pendeluhr. Dabei überkommt mich immer ein Schuldgefühl, als ob ich etwas Verbotenes sehe. Dora und Res schauen ganz genau. Sie dürfen das sicher, weil Mutter ihnen vertraut. Ich weiß nicht, soll ich in Mutters Augen schauen oder auf den Schlüssel in ihrer Hand. Mir wird jedes Mal heiß, wenn ich zuschaue, wie sie die fünfzig Batzen von ihrer Heimarbeit zählt, bevor sie sie in die Büchse legt. Am besten, ich schaue auf das Bild an der Wand. Ich sage: «Wenn ich alle dreizehn Spulen habe und auch mit dem Zug zur Schule fahre, bleibe ich so lange sitzen, bis der Strich kommt und bis ich dahinter sehen kann.» Mutter macht weiter mit der Heimarbeit, Dora und Res gehen an mir vorbei, schauen, als hätte ich das Dümmste von der Welt gesagt. Jetzt rede ich nie mehr vom Strich. Lieber schweige ich, wie Vater das tut. Ich gehe in mein Zelt, zähle meine Spulen, das hilft.

Als Vater die Erfindung für die Frauenstrümpfe machte, hätte er schweigen sollen. Nächtelang beobachtet er für seine Erfindung die Flüssigkeit der Nylonfäden, die aus den Düsen der Fabrikmaschinen wie in Strichen nach unten schießt. Er verändert ihre Geschwindigkeit und die Dicke, bevor sie an der Luft zu hauchdünnen Fäden erstarrt. Er notiert alles in sein Büchlein, füllt Seite um Seite, beobachtet jede Veränderung. Kein Mensch kann so einen Faden von Hand zerreißen. Ich probiere es oft, wenn an der Spule von der Morgenschachtel noch etwas hängen bleibt. Umsonst. Vaters Fäden kann niemand zerreißen.

Während seiner Erfinderzeit kommt Vater am Morgen samt Schachtel und Rechnungsmaschine direkt nach Hause, ohne in die Metzgerei zum Nebenverdienst zu gehen. Die Rechnungsmaschine sieht aus wie eine Fadenspule mit Hebeln rundherum, die zum Raufund Runterschieben sind. Stundenlang sitzt Vater im Bett, bevor er schläft, und schiebt daran rum. Sein Notizbüchlein füllt sich mit Zahlen, die ich lese, weil ich so gerne Zahlen habe. Ich sitze gern an seinem Bett.

Der Sonntagmorgen ist der schönste Wochentag in unserer Familie. Es giert zwar auch hinter der Wand. Manchmal nachts, manchmal am Morgen, weil Vater hier ist, die ganze Nacht und auch am Morgen, wenn ich erwache. Das Schöne ist, in der Nacht zum Sonntag hat Res nie kalt, und Dora kann mich nicht halten an der Leiter. Am Morgen bleiben Vater und Mutter liegen. Dora, Res und ich dürfen zu ihnen unter die Decke. Alles ist anders am Sonntagmorgen. Vater redet, erzählt von seiner Erfindung in der Fabrik.

Ohne Vater gäbe es keine Nylonstrümpfe, wie Mutter sie nach der Erfindung trägt, mit dem Strich auf den Waden. Am Sonntagmorgen kommt Vater ins Schwärmen. Er schiebt sein Gebiss in den Mund, das nachts in einem Glas Wasser auf seinem Nachttisch neben dem Päcklein Zigaretten liegt. Wenn Vater von der Nacht in der Fabrik erzählt, von den Fäden und seinen Versuchen, stimmt alles unter unserem Dach. Vater redet dann, ohne zu schweigen, und verspricht Mutter: «Wenn ich das schaffe mit den Fäden, machst du nie mehr Heimarbeit.» Mutter strahlt mit ihren weißen Zähnen, von denen kein Einziger ein Loch hat. Ich zähle die dünnen Äderchen, die ihre Wangen röten. Sie pudert sie am Tag, wenn Besuch ansteht. Immer am Sonntagmorgen sagt sie: «Auswandern möchte ich, weggehen vom Napf.» Ihre Augen leuchten, wenn sie vom Weggehen redet. Auszuwandern, wegzugehen, das war schon immer ihr Traum. Sie hat Verwandte in Kanada, die haben es auch geschafft.

Res stöhnt: «Ich will nicht weg vom Napf.» Dora sagt: «Der Moment muss stimmen.» Das mit dem «Moment» sagt sie oft, das hat sie sicher am Gymnasium gelernt. Vater sagt, wir sollen selber entscheiden. Mutters Augen werden kleiner, sie sagt: «Entscheiden war schon immer dein Problem.» Ich frage: «Warum gehen wir nicht auf das Schloss vom Onkel und leben alle zusammen am Sempachersee?» Jetzt schweigt Vater wieder und zündet sich eine Zigarette an.

Dora schiebt an den Hebeln von Vaters Rechnungsmaschine und redet von der Mathematik, die sie studieren will. Sie kontrolliert Vaters Rechnungen. Res zweifelt an Vaters Erfindung. Zum Beweis versucht er, einen Nylonfaden mit bloßen Händen zu zerreißen. Dabei schneidet er sich in den Finger. Alle haben Erbarmen. Der Schnitt am Finger blutet nur leicht, und doch kümmern sie sich sofort um ihn. Wenn die wüssten. Aber ich kann es ihnen nicht zeigen. Sie würden mir nicht glauben, wenn ich ihnen erzählte, was mir beim Schreiben in der Schule passiert ist. Sie würden meinen, ich wolle mich wichtig machen, mit meinem Hoger am Arm.

«Der Napf begrüßt ihren großen Sohn», liest Fräulein Sidler uns aus dem Entlebucher Anzeiger vor. Auf der ganzen Welt, sogar in Amerika, zeigen sie «Die Brücke», den Film von Bernhard Wicki. Dank ihm können wir heute die Schreibhefte unter dem Pult lassen und dürfen den ganzen Morgen Fähnchen malen, mit dem Wappen vom Napf. Ihn könnte ich fragen, ich muss nur die Frage richtig stellen. «Bernhard, wie hast du das geschafft, bis hinter den Strich?»

Mit den Fähnchen stellen wir uns vors Hotel Kreuz,

wo «der große Sohn» seinen Geburtstag feiert. Die Blasmusik spielt auf dem Dorfplatz eine schöne Melodie, marschiert im Takt voraus, zu dem ich zähle, als Bernhard am Arm seiner Mutter und mit dem Gemeindeammann die Straße runterspaziert. Mächtig ragt er aus allen heraus, kein Bauer am Napf ist so groß wie er. Sein Bauch ist rund wie der von Vater, darauf hat er seine Hand platziert. Ich winke heftig mit meinem Fähnchen, warte, bis er auf meiner Höhe ankommt, und gehe schnell auf ihn zu.

Vreneli reißt mich am Arm zurück. Weil sie auch Wicki heißt, meint sie sicher, mit Bernhard dürfe nur sie reden. Wegen ihr weiß ich nicht mehr, wie ich die Frage stellen wollte, jetzt, wo er vor mir steht. Er nimmt mein Fähnchen, mit dem ich immer noch winke, und staunt den Bären auf dem Wappen an. Ich sage: «Die Verwandten meiner Mutter haben es auch geschafft, bis nach Kanada.» Er bückt sich zu mir runter und nimmt seine Hand vom Bauch. «So, so», sagt er, «siehst du, man muss nur auf sein eigenes Herz horchen, dann schafft man alles im Leben.» Nach dem Zmittag im Hotel Kreuz geht er mit dem Gemeindeammann jagen. In der Schule bin ich hellwach, höre den ganzen Nachmittag auf jeden Schuss am Napf und weiß, das ist Bernhard Wicki mit meinem Fähnchen.

Die Katastrophe kommt dann, als Vater die Erfindung fertig hat. Da schweigt er nämlich zum ersten Mal nicht. Er zeigt sein Notizbüchlein mit den Zahlen einem Kollegen in der Fabrik, vor Glück und Freude, weil ihm die Erfindung für den Nylonstrumpf gelungen ist. Der Kollege geht mit dem Büchlein zum Chef. Vater schweigt, als alle seinen Kollegen loben, der jetzt mehr Lohn erhält.

Es kommt aus, als er nach der Nachtschicht wieder an den Nebenverdienst gehen muss und wie früher die Mittagsschachtel mit den Gnagi auf die Küchenbank stellt. Mutter will eine Erklärung. Vater bleibt stehen und schweigt. Ich nehme ihm die Schuhe ab. Aber mit den Gufenknöpfen in den Augen bringt Mutter alles aus ihm raus. Vater lässt sich aufs Taburettli fallen, erzählt, wie das Büchlein voller Notizen plötzlich beim Kollegen landete. In seinen Händen zittern die Nylonstrümpfe, die er erfunden hat und Mutter schenken will. Sie will sie nicht haben. Sie hört nicht auf mit Schimpfen, wirft Vater vor, er habe es noch nie geschafft, sich noch nie durchgesetzt im Leben. Alle sind schuld daran, sogar der Onkel.

Ich klettere auf die Küchenbank, stopfe ein Gnagi nach dem andern in Vaters Metzgerschuhe. Kein Problem, alle gehen rein, sie sind so weich. Niemand merkt's. Dora und Res starren sowieso an mir vorbei, als ich damit auf den Küchenbalkon gehe. Bless freut sich riesig, hechtet in die Luft und trägt sie alle in sein Hundehaus.

5

Noch bin ich halb katholisch und halb protestantisch, noch weiß ich nichts von meinem schwarzen Herz. Das ändert, als sich Mutter auf unsere Napfseite schlägt. Sie tut es wegen dem Herrn Pfarrer, da bin ich mir sicher, er ist schon lange hinter ihr her. Doch bevor Mutter katholisch wird, gehen wir zu den Großeltern, auf die Hinterseite vom Napf. Sie will mit ihnen reden, über das Katholischsein.

Vater schleift seine Metzgermesser. Das tut er immer, wenn wir zu den Protestanten gehen. Ich darf die Messer in Zeitungspapier einwickeln. Vater steckt sie in den Militärrucksack, samt Pistole und den Weinbeeren. Res und Dora müssen auch mit. Wir gehen bis ganz oben auf den Napf, wo die Wanderer die Berner Schneeberge fotografieren, auf der Hinterseite runter, der Anstaltsmauer entlang. Dahinter schreit ein Kauz. «Uhu, uhu,

uhu.» Mutter gibt ihm Antwort. «Uhu, uhu, uhu.» Sie kennt ihn von Kind auf. Schon damals schrie er Tag und Nacht, weiß nicht, dass er ein Mensch ist. Noch heute glaubt er, er sei ein Kauz. Er spaziert im Innenhof mit den Anstältlern im Kreis. Alle haben die gleiche Frisur wie ich, rundum abgeschnitten, ratsch ratsch, auf Höhe der Ohren. Ich will hier nicht stehen bleiben. Mir ist nicht wohl. Die gefallen mir nicht.

Das erste Haus nach der Anstalt ist das von meinen Großeltern. Sie freuen sich immer auf unseren Besuch. Als wir kommen, hat die Sau aber kein Glück, denn sie ist dick. Vater lädt die Pistole und legt die Weinbeeren in Schnaps ein. Ich treibe die Sau aus dem Stall, nehme den Stecken von Großvater, den ich auch brauche gegen den Hahn, wenn er mich angreift, weil ich den Hühnern zu nahe komme. Die Sau quietscht, sie tut mir leid. Ich kraule sie hinter den Ohren, das hat sie gern. Dann dreht sie sich auf den Rücken. Vater schickt mich zum Waldrand hoch. Die Sau rennt gegen seine Beine, will wieder rein. Mit dem Rücken zu Grosis Haus warte ich am Waldrand auf den Schuss aus der Pistole und starre in die Tannen. Ich zucke zusammen, als Vater schießt, obwohl ich weiß, was hinter mir geschieht. Das Quietschen erlahmt, ein letztes Hecheln, dann wird es still.

Gestalten bewegen sich plötzlich zwischen den Tannen, kommen auf mich zu. Jemand ruft: «Uhu, uhu, uhu.» Die Anstältler machen ihren Spaziergang, bleiben vor mir stehen. Während unten mein Vater die Sau im Tenn aufhängt und das Blut in den Zuber ausläuft, wo Großvater sonntags den Zopfteig drin knetet, stehe ich oben am Waldrand inmitten dieser Frisuren. Dass sie lachen, kann ich verstehen. Würde ich auch, wenn ich so einer wie mir begegnen täte. Was ich nicht verstehe ist, warum ich die gleiche Frisur habe wie die. Dora hat sie nicht, Res hat sie nicht, kein Mensch hat so eine Frisur, nur die und ich. Das muss ich mal der Linde sagen. Vielleicht hört Mutter dann auf, mir die Haare so zu schneiden.

Wenn Vater im Tenn am Metzgen ist, gefällt mir das. Sein langes Messer blitzt auf im Dunkeln. Er schneidet das Fleisch so, dass nur das Weiße am glatten Knochen übrig bleibt. Er rührt das Blut im Zuber, seine weißen Haare an den Armen färben sich rot. Was mir nicht so gefällt, ist das mit dem Blut, von dem er einen Schluck trinkt. «Es geht direkt ins Hirn», sagt er. Dann schaut er mich ganz anders an. Das macht mir Angst. Hoffentlich bekommt er nie so Augen wie Mutter, wenn ihre Stimmung ändert. Ich reiche ihm schnell die in Schnaps eingelegten Weinbeeren, die er in die Leberwurst mischt. Meine Lieblingskatze Mizli streicht um meine Beine, ihr Fell ist schneeweiß. Vielleicht will sie auch das Rote, das Vater so liebt.

Am Tisch schaffe ich das nicht mit der Blut- und der Leberwurst. Ich kann sie weder chätschen noch in die Wange schieben. Diesmal funktioniert es nicht. Ich würge. Es kommt wieder hoch im Hals, wie alles, was weich und fettig ist. Mutter verliert die Nerven. Grosi sagt: «Was ist nur los mit unserem Mizli. Es kann ja nicht schlucken.» Grosi nennt alle, die sie liebt, Mizli. Auch ihre Lieblingskatze, die in der Stube auf der warmen Ofenbank liegt. Sie bringt mir Glück. Ich darf zu ihr, während die anderen über Mutters Katholischwerden reden. Ich kraule ihr das weiche, weiße Fell. Mizli schnurrt und dreht sich auf den Rücken wie die Sau. Ich höre Grosi meine Mutter fragen: «Und was ist mit Mizli? Kommt sie nicht mehr zu mir, wenn du katholisch wirst?»

Auf die Nacht bei Grosi warte ich schon lange. Da gibt es keinen Türspalt, der offen steht, nur ein Ofenloch mit Deckel zum oberen Gaden, wo Dora, Res und ich mit Vater und Mutter schlafen. Wenn ich das nur schaffe heute Nacht. Ich muss mit ihnen reden, mein Arm tut so weh.

Ich schiebe den Deckel weg, schaue bäuchlings durchs Loch auf den Kachelofen unter mir. Mizli liegt an der Wärme, oben auf ihrem Platz. Grosi sitzt im Unterrock auf der untersten Stufe neben Großvater. Er kratzt ihr den Rücken. Das tut er jeden Abend, bevor sie schlafen gehen. Grosi löst den langen Zopf, den sie mit Nadeln wie eine Schnecke aufgesteckt hat, stößt Seufzer aus unter Großvaters Hand. Ich zähle. Bei dreizehn will ich reden. Sie werden mir glauben und dafür schauen, dass ich nicht sterben und nicht in die Totenkapelle muss.

Abends reden Grosi und Großvater auf der warmen Ofenbank immer über alles, was ihnen am Tag passiert. Mir ist auch etwas passiert, ich habe es nicht absichtlich gemacht, darüber will ich reden. Ich beobachte die beiden, lasse sie nicht aus den Augen. Noch wissen sie nicht, dass mein Kopf über ihnen im Ofenloch schwebt, und merken nicht, wie ich beim Zählen immer tiefer rutsche. Ich schiebe den Ärmel nach hinten. Mizli sieht als Erste, wie ich das Gleichgewicht verliere. Sie hechtet mir voraus, auf den Stubenboden. Hinter mir rumpelt der Ofendeckel. Mutter zieht mich an den Füßen zurück.

Ein helles Licht, größer als der Mond, wenn er rund und voll am Himmel hängt, schwebt vor dem Gadenfenster im Dunkeln hin und her. Er scheint auf die hohen Bettdecken, unter denen sie alle liegen. Ich will nicht zu ihnen, ich will zu Grosi gehen, ich muss reden. Ich sage: «Ein Geist.» Mutter zieht mich am Arm ins Bett, wo sie schon als Mädchen schlief. Sie will den Geist nicht sehen. Jetzt, wo ich endlich einen sehe. Res und Dora tun keinen Wank. Sie glauben mir nie. Noch lange liege ich wach unter der schweren Decke zwischen Mutter und Vater und spüre den Geist durchs Fenster scheinen. Ich lüge nicht. Er schwebt vor dem Fenster, direkt neben uns. Immer, wenn ich Beweise habe, hören sie mir nicht zu. Vom unteren Stock höre ich Grosi und Großvater auf dem Kachelofen weiterreden. Sicher auch über den Geist.

Am Morgen lachen alle, als ich immer noch vom Geist rede, weil ich manchmal vergesse, dass sie mir nie glauben. Ich kann ihnen genau die Stelle zeigen, vor dem Fenster, wo ich ihn sah, und wie er sich bewegte. In der Wiese schwebt eine riesige Kerbelblüte auf hohem Stamm im Wind hin und her. Dora hat die richtige Antwort parat: «Kerbelblüten phosphoreszieren in der Nacht.» Immer hat sie für alles eine Erklärung.

Jetzt erst verstehe ich, was Ueli meinte, als er sagte: «Mein Vater darf nie einen Ring tragen.» Hätte er doch in der Schule gesagt, warum. Wir hätten ihm geglaubt, und das mit Vreneli wäre nie passiert.

Auf dem Napf stehen neue Strommasten. Uelis Vater hat sie nach dem Sturm dahin gestellt. Noch hängen keine Drähte dran. Das wollten wir schon lange mal, Vreneli, ich, Ueli und Viertelabnüüni. Mit Steigeisen aus Uelis Scheune klettern wir die Strommasten hoch. Da oben sehen wir besser ins Änziloch. Je höher wir kommen, desto mehr schwankt es. Ich halte mich oben an den runden Eisenhaken, die Uelis Vater für die Drähte in die Masten geschlagen hat. Geister sehe ich keine im Änziloch. Aber eine Riesenkerbel, die im Wind hin und her schwebt. Ich rufe aus Freude: «Ein Geist.»

Ein Schrei. Vreneli hängt in der Luft. Alles wegen mir. Sie ist die Einzige, die mir immer glaubt, und verliert darum den Halt, als sie zum Geist hinunterschaut. Mit ihrem Ring am Finger bleibt sie oben am Haken hängen. Es tut ihr sicher schrecklich weh. Sie zappelt mit den Beinen, hängt frei in der Luft, nur mit dem Ring am Haken. Ueli rennt um Hilfe rufend davon, den gächen Napf hinunter. Vreneli schafft es, sich mit den Steigeisen wieder im Masten einzuklinken, weil ich ihr zuschreie: «Halte dich mit den Beinen fest.» Es reißt ihr fast den Finger ab. Das sehe ich mit bloßen Augen von nebenan. So etwas habe ich noch nie erlebt. Ich klammere mich fest am Masten und mache keinen Wank, schaue nur auf Vreneli, damit sie mit den Beinen nicht mehr loslässt, auch nicht eine Sekunde.

Es dauert, bis Ueli wieder den Napf hochkommt. Nur einer kann Vreneli retten: Uelis Vater. Er muss ihr den Ring mit einer Eisenschere am Finger aufschneiden. Das alles oben auf dem Masten. Der halbe Napf steht schon da. Alle schauen der Rettungsaktion von Uelis Vater zu.

Vrenelis Finger sieht schrecklich aus. Der Herr Doktor muss ihn neu annähen. Meine Mutter hält Vreneli fest in den Armen und hilft dem Herrn Doktor, wo sie kann. Es ist immer dasselbe, wo Mutter auftaucht, dreht sich alles um sie. Nur Ueli zottelt ganz allein mit den vier Paar Steigeisen zur Scheune hinunter und weint noch lauter als Vreneli.

An diesem Abend glauben sie mir endlich, das mit dem Licht an Uelis Scheune. Nicht nur ich, alle zu Hause sehen es, und hören erst noch Uelis Schreie. Mutter schickt Vater, er solle hinübergehen, etwas tun.

Res sagt: «Da hättet ihr früher gehen sollen. Die Spatzen rufen es ja vom Dach, warum Uelis Schwester schwanger ist.» Jetzt schweigt sogar meine Mutter. Alle glauben Res, was er sagt, mit den Spatzen. Statt mit Uelis Vater zu reden, näht Mutter Heimarbeit, Dora und Res gehen aufs Zimmer und Vater an die Nachtschicht. Ueli lassen sie weiterschreien.

Spatzen höre ich keine. Die ganze Nacht nicht. Sonst höre ich doch immer alles. Ich muss an das denken, was der Vater mit Ueli alles macht da drüben, und wie sie bei uns zu Hause schweigen. Noch lange bleibe ich sitzen im Bett und schaue hinüber zum Licht an Uelis Scheune. Das Licht bei mir im Zimmer zünde ich auch wieder an. Soll keiner wagen, mich die Leiter runterzuholen, sonst schreie ich wie Ueli drüben in der Scheune.

Das Thermometer steigt weit über den roten Strich. Fräulein Sidler nennt das Hitzetag. Die ganze Schule geht zusammen in die Emme. Wir springen von den hohen runden Emmenböllen, die nach jedem Gewitter den Napf runterrollen, ins kühle Wasser. Mir schauen alle auf meine zwei Körbchen unter dem Herz. Kein Mädchen hat schon Körbchen wie ich.

Ich konnte zu Hause wählen: Entweder in den Unterhosen oder im Badkleid von Dora. Ich ging durch den Türspalt, wo Vater schlief, und habe das von Mutter genommen. Sie geht nie in die Emme, sie muss Heimarbeit nähen.

Vreneli streckt ihren eingebundenen Finger in die Luft. Weil ich schon Körbe habe und sie nur Unterhosen, vergisst sie den Verband schon bald nach oben zu halten. Er ist pflotschnass.

Ueli steht am Ufer und zieht eine rote Badekappe über den Kopf. Ich glaube, sie ist ihm zu klein. Er reißt daran, sie spickt ihm fast aus den Fingern. Ins Wasser kommt er nicht. Er klettert auf den höchsten Emmenböllen. Die Badekappe reißt ihm die Augen auseinander. Wie ein Frosch bleibt er dort oben stehen. Jetzt starrt er wieder ins Leere. Kein Kind trägt eine Badekappe in der Emme, nur Ueli. Bei jedem Spritzer drückt er seine Hände hinten ans Füdli, als brenne das Wasser wie Schnaps auf seiner Haut. Wir machen uns lustig über ihn. Fräulein Sidler ruft alle zusammen, rund um Uelis Stein. Sie sagt: «Mit so einer Badekappe überlebt ein Kind keine Stunde.» Sie muss selber lachen, weil Ueli so komisch schaut. Aber sie meint es ernst, und Ueli wehrt sich wie wild, als sie ihm die Badekappe vom Kopf ziehen will. Er behauptet, sein Vater habe ihm verboten, ohne Badekappe ins Wasser zu gehen. Er bleibt wie angenagelt oben stehen und starrt weiter vor sich hin. Als er endlich von seinem Stein runterkommt und sich dahinter versteckt, um sich anzuziehen, vergisst er die Badekappe, lässt sie oben liegen. Sie ist aus dünnem Gummi und fühlt sich an wie ein zerplatzter Luftballon. Ich stecke sie ein.

Ich habe jetzt auch eine Sammlung. Uelis Badekappe

ist mein erstes Stück. Ich stopfe es zu Hause in eine Spule. So eine Kappe kann ich eines Tages vielleicht brauchen. Das Badkleid lege ich zum Trocknen unter Mutters Bügeleisen. Seide ist das nicht. Der Stoff zieht sich sofort zusammen. Nur die Körbchen bleiben, wie sie sind. Alles andere verschrumpft am heißen Bügeleisen. Ich verbrenne mir fast die Finger, weil ich retten will, was am Eisen klebt. Das, was übrig bleibt vom Badkleid, lege ich zurück ins Elternzimmer, stopfe es tief unter die anderen Sachen in Mutters Schublade.

Mutter pudert sich die Wangen, deckt die roten Äderchen zu, die mir so gefallen, und zieht sich schick an. Sie rüttelt an der Kommode, zählt Batzen aus der Büchse, bis sie genug hat. Das Bild wackelt an der Wand. Ich muss mit, aber wohin es geht, weiß ich nicht. Auf dem ganzen Weg vom Napf runter spricht sie kein Wort. In ihre Augen schaue ich lieber nicht. Ich denke, es hat mit dem kaputten Badkleid oder mit Vreneli auf dem Strommast zu tun.

Erst in der Kirche merke ich, dass Mutter bald nicht mehr protestantisch ist. Der Herr Pfarrer redet mit ihr über die Erbsünde, liest aus seinem dicken Buch, es nimmt kein Ende. Hätte ich doch zugehört und nicht wieder geträumt, dann wüsste ich jetzt, wie diese Sünde in Mutter hineingekommen ist. Wie durch einen Nebel sehe ich, wie Mutter Kreuzzeichen macht. Erst als sie mit nassen Händen auch mir über Stirn, Kinn und Brust streicht, bin ich plötzlich hellwach. Sie lächelt mich an und schaut dann mit strahlenden Augen hoch zum Herrn Pfarrer.

Jetzt wird alles anders. Da bin ich mir sicher. Mutter wird mich lieben. Ich schaue ihr zu, wie sie den Kopf tief über den Taufstein beugt, und wie der Herr Pfarrer heiliges Wasser über sie leert und ihr die Sünde wegwäscht. Als sie mit nassen Haaren dem langen schwarzen Mantel in den Seitengang der Kirche folgt, gehe ich auch mit. Aber sie verschwindet im dunklen Ghütt. Das kann ich verstehen. Sie muss sicher allein sein, wenn sie sich fürs Katholischsein entscheidet.

Auf den Zehenspitzen kehre ich zwischen den Holzbänken zurück und tunke meinen Arm auch ins heilige Wasserbecken. Das tut gut, kühlt alles ab. Ich habe das Gefühl, es hört sogar auf zu klopfen da drin.

Auf dem Heimweg frage ich Mutter, woher so eine Erbsünde komme. Sie sagt, die haben alle am Anfang, die Protestanten wie die Katholiken. Sie will es in der Bibel genauer lesen, die sie vom Herrn Pfarrer für ihre Batzen erhalten hat.

Von jetzt an dreht sich zu Hause alles um das Katholischsein. Auf dem Bügelbrett liegt die Bibel. Am Abend betet Mutter mit uns zur heiligen Maria an der Wand. Es ist vorbei mit dem Kasperlespiel, keine Geschichten mehr über die Änzilochjungfrau. Dora muss auch mitmachen beim Beten. Doch ich höre, wie sie unter mir weiter in den Büchern blättert.

Ich merke, mit der Kirche kann ich Mutter glücklich machen. Am Mittwoch gehe ich in die Morgenmesse, abends zum Rosenkranz. Vreneli kommt auch. Wenn jemand stirbt, singen wir im Requiemchor auf der Empore. Das gibt einen Batzen. Damit gehe ich zum Bäcker, weil ich immer Hunger habe, oder ich verstecke ihn zu Hause in meiner Sammlung.

Der Dirigent schaut beim Singen nur mich an. Ich bin sicher, ich muss etwas ganz Besonderes sein. Eine wie meine Mutter, von der alle sagen, «so eine schöne Mutter». Nach dem Lied zieht der Dirigent mich an den Ohren und schiebt mich in die hinterste Reihe, wo ich von jetzt an zu stehen habe. «Lilly, du singst zu laut.»

Gehe ich nach dem Singen zu Vreneli, kann ich Batzen sparen. Sie kauft beim Bäcker immer ein Doppelkilo Brot. Damit streicht ihre Mutter zu Hause Honigbrote, so wie das meine Mutter abends für Res und Dora tut. Ich weiß nicht, was das ist mit mir, ich könnte ein Honigbrot nach dem anderen verschlingen. Ich kriege nie das Gefühl, wie Vreneli es hat, wenn sie plötzlich vom Tisch aufsteht und sagt: «Mueti, jetzt bin ich satt.» Vrenelis Mueti ist so lieb mit ihrem runden Gesicht. Alles an ihr ist lieb und rund, auch wenn sie sich bewegt. Mit ihren speckigen Armen schüttelt sie nach dem Essen die Tischdecke aus, dass die Brotbrösmeli nur so fliegen. Ihre Hüften schwappen mit jedem Schritt auf und ab, sind weich wie Großvaters Zopfteig, wenn er ihn klopft, damit es Luftblasen gibt. Ihre

Hände reibt sie nach jedem Brotaufstreichen an der Schürze ab. Meine Mutter würde nie so eine tragen. Sie ist immer schick und bereit, nach Kanada auszuwandern. Vreneli steht auf: «Mueti, jetzt bin ich satt.»

Ich bleibe sitzen, solange Vrenelis Mueti Brote streicht. Sie schaut mich an, mit einem lieben Blick. Dieser Blick erinnert mich an etwas. Ich muss vorsichtig sein. Der Dirigent hat auch so geschaut, bevor er mich in die hinterste Reihe stellte. Den letzten Bissen kann ich nicht mehr runterschlucken. Vielleicht ist es besser, wenn ich jetzt rede, wie der Herr Pfarrer sagt, man solle es tun, wenn man etwas auf dem Herzen hat. Ich sage: «Ich habe nämlich immer so Hunger.» Ich hätte nicht reden sollen bei Vrenelis Mueti. Ich tu es nie wieder, das schwöre ich mir, und tät ich verhungern.

Ich suche Vreneli im ganzen Haus. Vergeblich. Sie spielt sicher die beleidigte Leberwurst, weil ich nicht mit ihr vom Tisch aufgestanden bin. Ich gehe rüber zur Scheune, vielleicht versteckt sie sich bei den Kühen. Die kauen vor sich hin, starren mit großen Augen, vertreiben mit dem Schwanz die Fliegen. Kein Vreneli. Nur ein Rumpeln von der Heubühne. Sie will mir sicher Angst einjagen.

Ich klettere die Leiter hoch. So genau kann ich nicht sehen, was da oben im Heu passiert, deshalb steige ich bis auf die letzte Sprosse. Jemand drückt Vrenelis Schwester ins Heu, greift in ihre Kleider, unten durch, bis an die verstecktesten Stellen. Jetzt bewegt er sich immer schneller, auf und ab, es macht mich ganz nervös. Der macht sicher das Gleiche wie Uelis Vater in der Scheune. Vrenelis Schwester windet sich unter ihm wie ein Wurm ohne Knochen. Ich schaue ganz genau. Freiwillig würde ich mir so etwas nie gefallen lassen, was der mit Vrenelis Schwester tut. Besser, ich schaue nicht länger zu und rufe um Hilfe.

Schon quietscht hinter mir das Scheunentor. Vreneli schreit nach ihrem Mueti, als sie mich zuoberst auf der Leiter stehen sieht. Bevor ich etwas sagen kann, komme ich ins Wanken, beinahe kippe ich um. Im Schreck passiert es mir wieder, es tropft runter in den Stall. Vreneli sieht natürlich alles.

6

Im Wald, wo auch am Sonntag Rauch vom Nebenverdienst hochsteigt, sammeln wir im Sommer Heidelbeeren. Die Stauden sind schwarz, wo wir drin kauern. Alle sind da. Die Kinder, die Mütter, die Väter, sogar der Vater von Ueli. Erfinder kann er nicht sein. Seine Hände sind rauh, unter den Fingernägeln hat er schwarze Striemen. Er schüttelt an den Stauden, packt zu, wie wenn er auf die Masten klettert. Er würde es vermutlich schaffen, Vaters Fäden mit seinen Händen zu zerreißen. Vielleicht kann er es sogar mit Telefondrähten. Er bindet Ueli die Ovomaltinebüchse um, macht auf seinem Rücken einen Knopf. Ueli schaut zu mir und wird ganz rot dabei. Vielleicht schämt er sich, weil ich sehe, dass er den Knopf nicht selber machen kann. Jetzt kommt seine Schwester dran. Sie hält ihrem Vater auch den Rücken hin. Res schießt wie eine Rakete aus den Stauden. Er starrt Uelis Vater an. Ich glaube, er wird ihm in der nächsten Sekunde an die Gurgel springen. Ich zähle. Mein Vater steht auch auf, und Mutter hört auf zu singen. Jetzt tauchen alle auf, aus den Stauden, und schauen. Nichts geschieht. Uelis Schwester macht sich den Knopf selber. Jetzt schaut sie zu Res hinüber. Er geht wieder in die Hocke, sammelt Beeren, tut wenigstens so. Ich sehe ihn noch lange schauen, zwischen den Stauden. Mutter singt weiter, wie immer, wenn wir im Wald sind. Ich weiß nicht, tut sie es wegen Uelis Vater, der es so schwer haben soll, eine ganze Familie ohne Mutter allein zu ernähren, oder weil sie es mag, wenn die anderen schauen. Ich singe mit. Meine Ovomaltinebüchse bleibt leer bis zum Abend. Ich esse die Beeren lieber selber.

Vrenelis Mueti reibt sich die blauen Hände an der Schürze ab. Immer hat sie dieselbe Schürze an. Beim Gehen wippt sie mit dem Pneu, bahnt sich zwischen den Stauden einen Weg zu meiner Mutter, die nicht mal im Wald so ein Ding umbinden würde. Dann passiert es. Mit ihrer lieben Stimme fragt Vrenelis Mueti: «Warum hat Lilly denn immer so Hunger?» Mutter hört auf zu singen.

Ich schleiche mit meiner leeren Büchse davon. Ich spüre, das kommt nicht gut, mit den beiden Müttern. Die von Vreneli ist zwar lieb, aber ich hätte nie mit ihr über den Hunger reden sollen. Das ist eher etwas für die Linde. Ueli gibt mir ein paar Beeren aus seiner Büchse. Ich habe jetzt keine Zeit, ich muss da weg, am besten ins Änziloch. Dahin folgt mir sicher kein Mensch. Aber Ueli geht mit mir, auch Viertelabnüüni, sogar Vreneli ist plötzlich neben mir. Sie weiß natürlich alles besser, als ich den Einstieg ins Änziloch hinunter suche. Sie sagt: «Beeren findet ihr hier keine.» Sie hat recht. Es hat nur hohe Tannen. Keine Stauden. Dahinter steht die hohe Wand, wo die Steine ins Änziloch fallen. Dieses Mal will ich es wissen. Ich will bis dort unten gehen. Wenn es wirklich keine Geister hat, bleibe ich für immer. Nach Hause, das geht jetzt sowieso nicht mehr. Vreneli hat ja auch gesagt, lieber ins Änziloch als zügeln. Mal schauen, wie ernst sie es meint.

Vreneli geht direkt hinter mir. Einhängen tut sie sich nicht. Es ist steil, die Erde glitschig. «Wenn wir ausrutschen, ist es vorbei», sagt Vreneli, «das ist zweimal so hoch wie der Kirchturm.» Ich zähle lieber.

Zum ersten Mal sehe ich weit unten das Haus, wo die Änzilochjungfrau verbannt drin lebt. Das mit den Fensterläden stimmt, alle sind geschlossen, genau wie der Herr Pfarrer erzählt. Nur bei einem Fenster stehen sie offen. Viertelabnüüni sagt: «Jetzt machen wir die zu.» Er möchte dabei sein und sehen, wie das geht, wenn sie sich über Nacht wie durch Geisterhand selber öffnen.

Wir schaffen es knapp bis in die Mitte. Plötzlich ein Geräusch. Vreneli schreit: «Ein Geist», klettert wieder hoch zum Kreuz und ruft nach ihrem Mueti. Als ob die uns hören könnte, so weit unten im Änziloch. Ich bleibe stehen. Einen Geist sehe ich nicht. Da, wo einer geraschelt hat, wie Vreneli meinte, taucht ein Wanderer auf und sagt: «Bleibt genau so stehen, mit euren Ovomaltinebüchsen.» Wanderer wollen einen immer fotografieren. Ueli hat wieder ein Problem. Er rennt sofort los, will auch mit Vreneli zurück nach oben. Vor Aufregung stürchelt er über die eigenen Hände, weil er im Gächen auf allen vieren geht. Dabei verliert er seine Beeren. Ich hätte sie gerne gegessen, aber ich muss selber schauen, dass ich es schaffe. Nur nicht Kopf voran ins Änziloch runterfallen.

Viertelabnüüni bleibt noch eine Weile neben mir stehen, kann sich nicht entschließen, was er machen soll. «Das könnte ein Kindsentführer sein», flüstert er. Ich habe noch nie einen Kindsentführer gesehen, kauere hin, grad da im Gächen, wo ich stehe. Viertelabnüüni macht nicht mit, er geht auch nach oben.

Der Kindsentführer fotografiert mich allein mit der hohen Wand im Hintergrund. Er will die Steine auch auf dem Bild, wie sie ins Änziloch fallen. Ich darf mich nicht bewegen, nur ins Loch von seinem Apparat reinschauen. Er sagt sogar, ich sei schön, besonders wenn ich lache. Jetzt glaube ich wieder, der Herr Pfarrer hat doch recht, wenn er sagt, dass ich eine wie Mutter werde. Ich schaue in den Fotoapparat, beiße auf die Zähne, rutsche keinen Millimeter ab, harre aus an der gächen Stelle, mache alles, was der Kindsentführer wünscht. Am Boden zu kauern ist für mich kein Problem, das tue ich stundenlang in meinem Zelt. Er knipst ein Bild nach dem anderen. Von mir aus kann er das den ganzen Tag lang tun. Ich spüre auch keine Müdigkeit, rede sogar mit ihm: «Ich kann dir zeigen, wo der Donner entsteht, und wo die Geister leben. Willst du einen fotografieren?» Der Kindsentführer geht nicht auf meinen Vorschlag ein. Er war vermutlich bereits unten, fragt nach meinem Namen, und wo ich wohne. Ich zeige hoch zum Kreuz. Vreneli steht dort oben, neben meiner Mutter, mit allen vom Napf, die in den Beeren sind. Was nachher kommt, darüber rede ich lieber nicht.

Den Kindsentführer sehe ich wieder, als es ein paar Tage später an unserer Tür klingelt. Er steht da und will mit meiner Mutter reden. Am liebsten würde ich ihm Bless auf die Fersen jagen. Das ginge ganz schnell. Bless bellt wie wild. Ich schaffe es nur knapp nicht, ihn von der Kette zu lassen. Schon steht Mutter mit dem Meterband auf der Schwelle. Der Kindsentführer sagt: «Grüezi, was haben Sie für eine originelle Tochter.» Mit originell meint er sicher meine Anstältlerfrisur. Ich verziehe mich besser ins Badezimmer. Heimlich höre ich zu, was er meiner Mutter erzählt: Ein neues Buch über die Änzilochjungfrau sei am Entstehen. Er fotografiere im Auftrag des Kantons Luzern. Durch den Türspalt sehe ich, wie er ein großes Foto aus seiner Mappe grübelt. Aber ich kann nur einen weit aufgerissenen Mund mit schwarzen Zähnen erkennen. Das muss von den Heidelbeeren sein.

Warum meine Mutter plötzlich so lacht, verstehe ich nicht, nach all dem, was geschehen ist. Der Kindsentführer bittet um ihr Einverständnis, er möchte das Foto von mir vielleicht als Titelbild. Ich binde mir schnell einen Stoffresten ins Haar. Mit einer Masche auf dem Kopf sehe ich besser aus als mit meiner Frisur. Vielleicht braucht der Kindsentführer noch ein Bild. Auf Zehenspitzen stehe ich vor den Spiegel und sehe schon, wie Fräulein Sidler das Buch mit meinem Titelbild neben die OMO-Schachtel auf den Schulschrank stellt. So ein Buch geht sicher rund um die Welt, dann werde ich berühmt wie Bernhard Wicki. Ich höre, wie sich Mutter beim Kindsentführer bedankt, wie sie nochmals lacht, und das Foto von mir sogar bezahlt. Offenbar gefällt es ihr.

Jetzt bin ich sicher, Mutter hat es gemerkt: Ich bin eine wie sie. Sie wird mich lieben und stolz sein auf mich, wenn sie im Entlebucher Anzeiger schreiben: «Die schöne Tochter vom Napf.» Ratsch. Die Masche fliegt von meinem Kopf. Mutter reißt sie weg. Ein ganzes Büschel Haar geht mit. Ich spüre, wie es warm wird zwischen den Beinen. «Dass du mir nie mehr mit einem fremden Mann weggehst. Schon gar nicht ins Änziloch. Ein Kinderschänder könnte so einer sein. Weißt du, was mich das gekostet hat?» Ich weiß es schon, ich habe ja mitgehört und gezählt: Die Batzen von genau einer halben Schachtel Krawatten.

Das Danach ist wie immer viel schlimmer. Wieder ohne Honigbrote ins Zelt. Zuhören, wie sie essen und reden, wie sie tun, als wäre nichts geschehen. Ich höre, Vater ist aufgewacht, hinter der Wand. Warum tut er nie etwas dagegen? Immer schweigt er, wenn Mutter mich schlägt. Er muss es doch gehört haben, was im Badezimmer passierte. Wenn ich wirklich ausgewählt werde, dann will ich auf das Titelbild. Ich schleiche hinüber an sein Bett und reiche ihm die Zündholzschachtel. Mit einer Zigarette in der Hand redet er manchmal. Er sagt: «Lilly, du musst essen, in meinem Haus soll niemand Hunger leiden.»

Vom Gang her höre ich Stimmen. Dora sagt: «Jetzt meint sie sicher, sie werde ein Filmstar, mit ihrem Lachen.»

Von jetzt an steht das Foto mit meinen schwarzen Heidelbeerzähnen auf der Kommode. Mutter hat es da hingestellt. Ich verstehe jetzt, warum alle lachen. Ich sehe aus wie ein Clown, mit aufgerissenem Mund bis hinter die Ohren. Und diese Frisur! Es war ja nicht meine Idee, so in die Kamera zu schauen. Wenn die wüssten, warum ich die Augen so aufreiße, und wie schwierig das war, im gächen Hang ohne Stauden freihändig zu kauern, samt Ovomaltinebüchse zwischen den Beinen, genauso wie der Kindsentführer es fürs Foto brauchte.

Sie würden mir nicht glauben. Sie waren ja noch nie dort unten.

Vom Kindsentführer hören wir nichts mehr. Viertelabnüüni weiß von seinem Vater, die kommen nie zweimal an denselben Ort. Ich gebe die Hoffnung nicht auf, zähle die Wochen bis zum Schuljahresende. Ein ganzes Buch schreiben braucht Zeit. Jedes Mal, wenn es in der Schule klopft, und Fräulein Sidler an die Tür geht, rechne ich damit, dass er auf der Schwelle steht, und sage: «Der Kindsentführer.» Damit mache ich das ganze Schulzimmer nervös. Irgendwann, da bin ich mir sicher, kommt er schon wieder und bringt Fräulein Sidler das Buch der Änzilochjungfrau. Sie werden alle noch ins Staunen kommen, wenn sie mich auf dem Titelbild oben auf dem Schrank neben der OMO-Schachtel sehen.

Wenn ich Hunger habe, gehe ich in den Keller und stecke meinen Finger in ein Honigglas. Es ist schon halb leer. Jemand könnte sehen, dass ich das nicht zum ersten Mal mache. Ich schleiche mit dem Honigglas nach oben und fülle am Brunnen Wasser nach, bis zum Rand. Mit dem Zeigfinger rühre ich um. Es lässt sich nicht vermischen. Ich kann rühren, wie ich will. Der Honig kommt nicht nach oben, und das Wasser will nicht unten bleiben. Bless winselt neben mir. Dora kommt aus dem Haus. Ich gehe schnell wieder die Treppe runter, schiebe den Honig im dunklen Keller hinter die Gläser mit den Gurken.

Mutter zieht zum ersten Mal Vaters Geschenk an: Die Nylonstrümpfe von seiner Erfindung. Der Strich hinten an der Wadenmitte muss sitzen. Wir gehen alle zusammen runter ins Dorf. Vater steuert auf die Kirche zu, aber er geht daran vorbei, bis zur Dorfmetzgerei. Sie steht zum Verkauf ausgeschrieben, seit die Frau vom Metzger Zemp gestorben ist. Meine Mutter schaut sich im Spiegelbild des leeren Schaufensters an. «Wenn ihr schon nicht mit mir nach Kanada auswandern wollt, in diesem Laden stehen und Fleisch verkaufen – das würde mir gefallen.» Die Strümpfe hat sie nur einmal an. Vater führt uns durch die Metzgerei. Er zeigt uns, wo man die Tiere tötet. Wo man sie an den Haken hängt und das Blut abtropfen lässt, wo man sie mit dem Metzgermesser zerlegt. Hätten wir doch die Metzgerei gekauft. Aber wegen Dora und Res ist Mutters Traum gescheitert. Wir stimmen ab: Zwei zu eins gegen Mutter. Dora und Res weigern sich, nach der Schule Fleisch auszutragen. «Ohne eure Hilfe», sagt Mutter, «schaffen wir es nicht.» Ich hätte gerne geholfen. Mich fragen sie nicht, und Vater will, dass wir selber entscheiden, unterschrieben sei schnell. Mutter sagt: «Man muss nur deinen Bruder fragen, wie schnell unterschrieben ist.» Ich schlage vor, zu ihm zu gehen, er ist sicher reich. Aber Mutter will von «denen» keinen Rappen, lieber mache sie Heimarbeit. Hinter dem Ladentisch gebe ich Vater die Hand. Ich streichle seine Finger und tröste ihn, gehe weiter mit meiner Hand, berühre seine Hose bis dahin, wie ich das bei Vrenelis Schwester auf der Heubühne sah. Mutter reißt an meinem Arm, genau an meiner schmerzenden Stelle, und sagt: «Tu das nie wieder. So was tut man nicht.» Ich schreie auf: «Ich sterbe!», dass es durch den Schlachthof hallt wie dann, wenn wir in der Kirche für die Toten singen. So wie Mutter jetzt schaut, hat sie noch nie geschaut. Auch Vater, Res und Dora nicht. Stehen bleiben kann ich da nicht, in dieser Metzgerei, wo sogar die Tiere sterben.

An diesem Abend betet Mutter zum ersten Mal mit mir zum schwarzen Herz. Jetzt weiß ich, es ist verboten, was ich mit Res und mit Dora mache. Man fasst einen nicht an, an dieser Stelle, nicht am Tag und nicht in der Nacht. Das gibt ein schwarzes Herz. Res und Dora wissen das sicher. Nicht sie brauchen sich Sorgen zu machen. Nicht sie tun das Verbotene. Ich bin es, die die Leiter runtergeht und sie berührt. Nur mit mir betet Mutter zum schwarzen Herz.

Mein Arm wird immer schlimmer, tut weh bis unter die Schulter. Wenn ich ihn neben den linken halte, ist er doppelt so dick, und der Geruch aus der Totenkapelle will auch nicht aus meinem Kopf.

Es geht nicht lange, da stellt Vater eine Schachtel auf die Küchenbank, so eine, wie ich vorher noch nie sah. Viel größer als die Mittagsschachtel. Vater sagt: «Wer sie will, kann sie haben.» Mich dünkt, er schaut nur mich an dabei. Ich stelle mich hinten in die Reihe. Erst hebt Res den Deckel von der Schachtel. Er geht weg, ohne Regung im Gesicht. Dann kommt Dora dran, schlägt den Deckel wieder zu, mit einem gelangweilten Blick. Ich klettere auf das Taburettli. Unter dem Deckel schauen mich drei Reihen Perlmuttknöpfe an. Mein Herz schlägt mir bis zum Hals. Ein Akkordeon.

Ich verziehe mich damit ins Stoffrestenzelt, drücke einen Knopf nach dem andern. Es tönt so schön. Ich drücke und drücke, immer stärker, bis die Wäscheklammern, die das Zelt zusammenhalten, über mir zu tanzen beginnen. Ein Akkordeon hat viel mehr Knöpfe als eine Trompete, aber ich will jetzt nicht zählen, ich will spielen. Ich bin ganz aufgeregt, wie beim Singen in der Kirche. Kein Dirigent, der mich an den Ohren zieht und in die hinterste Reihe schickt. Der Luftbalg bringt meinen Bauch zum Beben. Ich habe mich nicht getäuscht. Vater hat es gemerkt. Ich bin doch gar nicht schlecht. Das Zelt bricht über mir zusammen, davor steht Mutters Schatten. «Weißt du nicht, dass Vater schläft? Tu besser etwas Gescheites.»

Ich trage Vaters Kartonschachtel, die leer vor meinem Zelt steht, wieder in die Küche. Mit dem Metzgermesser hacke ich sie zu Hudeln und Fetzen. Jedem, der mir nahe kommt, drohe ich: «Ich habe jetzt Gescheites zu tun.» Keiner kann mich bremsen. Auch Vater nicht, als er plötzlich in der Küche steht. Das Messer gebe ich nicht mehr aus den Händen. Ich hocke auf dem Kartonhaufen und steche auf und ab, zwischen meinen Beinen. Mutter verliert die Nerven, als sie die Löcher im Boden sieht. Vater hängt die Rute ab. Wenn der wüsste, dass es bei mir um Leben und Tod geht.

Ich entkomme ihm, haue ab, samt Metzgermesser. Den Napf hoch, bis zu den Touristen, wo alle zu Eiger, Mönch und Jungfrau schauen. Soll mich ja keiner fotografieren. Auf der Hinterseite vom Napf stapfe ich zu den Protestanten runter. Bei denen funktioniert das Metzgermesser auch, sogar die Anstältler bleiben beim Kreisedrehen hinter der Mauer wie angewurzelt stehen. Diesmal lacht keiner. Soll der Kauz nur schreien. Der Tod kommt auch ohne ihn. Es gibt nur eins: zu Grosi gehen. Die hat mich gern.

Eine riesige Rauchsäule steigt hinter Grosis Dach auf, das fast bis zum Boden reicht. Viertelabnüünis Vater ist da, am Schnapsen. Der hat mir gerade noch gefehlt. Es feuert und gurgelt aus seiner Dampfmaschine, riecht nach besten Äpfeln und Birnen. Jetzt hört er auf zu singen. Bei ihm funktioniert das Messer auch. Grosi empfängt mich mit offenen Armen. Beinahe kommen mir die Tränen. Aber ich will nicht weinen, wenn Viertelabnüünis Vater dasteht und schaut. Grosi hält mich fest. «Was ist nur mit dir los, mein Mizli.» Ich gehe mit ihr in die Scheune, wo ein junges Säulein vor Lust quietscht, weil Grosi ihm eine ganze Kanne Essresten in die Wanne gießt. Die rosaroten Augen blinzeln, es grunzt an mir herum. Ich frage Grosi: «Wo wachsen die kleinen Kinder?» Grosi nimmt mir das Messer ab, legt ihre Hand auf meine Brust und sagt: «Mizli, die Kinder wachsen hier drin, unter dem Herzen.» Jetzt weiß ich, ein Kind kann ich nie bekommen mit meinem schwarzen Herz.

Mir zuliebe feuert Großvater am Abend ein, füllt den Zuber mit Mehl, Milch und Eiern, macht einen Zopf. Ich darf ihm helfen, den Teig im Zuber zu kneten, da, wo sonst das Blut reinfließt, wenn Vater mitkommt und die Sau erschießt. Ich will nicht kneten, nur schauen, der Arm tut mir weh. Darüber will ich mit ihnen reden, heute Nacht auf der Ofenbank.

Zum Glück schläft Viertelabnüünis Vater draußen im Schnapsanhänger. Ich hasse es, wenn einer singt, der kein Gefühl hat für Melodien. Ich verstehe Viertelabnüüni, der seinem Vater einen Nebenverdienst wünscht. Mir muss niemand sagen, Schnaps tue gut. Entweder ist es der Schnaps aus dem OMO-Schrank oder eine Blutvergiftung. Eins von beiden ist der Grund, dass es mir elend geht.

Der frischgebackene Zopf auf dem Stubentisch duftet durchs Ofenloch bis zu mir hoch in den Gaden, wo ich bäuchlings warte, dass sie zu reden beginnen. Alles ist wie immer. Großvater kratzt Grosi den Rücken. Grosi sitzt im Unterrock und löst den langen Zopf. Mizli schnurrt auf dem obersten Tritt des Kachelofens. Nur etwas ist anders – Grosi schweigt und redet nicht vom Tag. Auch Großvater ist still beim Kratzen. Ich verstehe die Welt nicht mehr. Den ganzen Napfweg runter habe ich an nichts anderes gedacht als an das Reden auf der Ofenbank, und jetzt schweigen sie. Das Telefon klingelt. Mizli macht einen Satz durchs Loch zu mir herauf. Ich weiß, wer anruft. Lieber verziehe ich mich mit Mizli. Ihre Augen glotzen schon auf der Bettdecke. Etwas leuchtet immer in der Nacht.

Ich versuche in Mutters Mädchenbett zu schlafen. Wenn nur nachts diese Töne nicht wären. Im Stock unter mir reden Grosi und Großvater jetzt wieder. Der Heustock schnauft hinter der Wand. Der Kauz fliegt aus der Scheune und ruft: «Uhu, uhu, uhu.» Marder machen Verfolgungsjagd. Der Brunnen plätschert vor dem Haus. Der Schnapser singt. Ich gebe etwas Speuz auf meinen Arm. Mizli schleckt daran. Eins ist sicher: Ich gehe nicht mehr nach Hause. Wenn ich nur schon an die Schwelle denke, fließt es warm aus mir raus. Am Morgen ziehe ich die Decke weit über das Bettgestell. Grosi darf nicht merken, was mir wieder passierte.

Grosi merkt doch alles. Sie legt die Matratze an die Sonne ins Gras unter den Birnenbaum, spannt ein langes Seil von Stamm zu Stamm. Den Sack mit den Wäscheklammern hängt sie um meinen Hals. «Mizli, willst du mir nicht sagen, was du auf dem Herzen hast? Mit mir kannst du doch reden.» Ich reiche ihr die Klammern und verstecke mich hinter der Wäsche. Grosi darf nicht sehen, wie ich alles mit der linken Hand mache, weil ich den rechten Arm kaum mehr hochheben kann. Ich spüre, es kann nicht mehr lange dauern. Es tut so weh. Auch mein Kopf ist komisch. Mir schwindelt es. Ich setze mich ins Gras. Ich habe keine Wahl. Das Beste ist, ich sage ihr alles. Als ich aufschaue, steht nur noch der Wäschekorb neben mir, Grosi ist auf dem Weg ins Haus.

Ich setze mich auf die Ofenbank, die vom Einfeuern für den Zopf immer noch warm ist. Im Nähkörbchen von Grosi schaut eine Schere heraus. Vielleicht könnte ich es damit probieren. Ich habe das Gefühl, unter der Stelle, wo meine Feder stecken blieb, ist alles voll Wasser. Mit dem Zeigfinger berühre ich die Scherenspitze. Mizli springt vom obersten Tritt auf mich runter. Jetzt hat sie aber Glück gehabt. Beinahe wäre sie mir auf die Spitze gefallen. Im letzten Moment drehe ich sie weg. Dafür verletze ich mich selber, am Daumen. Blut tropft auf Mizlis Fell. Ich kraule ihren Bauch, spiele mit den Schnauzhaaren. Die fassen sich ja an wie Vaters Nylonfäden, lassen sich auch nicht zerreißen. Ich schneide ein Haar ab, noch eins, bis alle weg sind. Die könnten was für meine Sammlung sein.

Da, wo der Schnaps wie klares Wasser aus der Dampfmaschine in ein Häfeli fließt, wasche ich mir das Blut vom Daumen. Es brennt. Ich gebe keinen Mucks von mir. Soll der Schnapser sich wundern. Jetzt hört er nämlich wieder auf mit seinem Singen. Er starrt ins Häfeli, wo sich der Schnaps rot verfärbt. Ich tauche auch Mizli ein. Sie faucht, aber das Blut geht weg aus ihrem Fell. Der Schnapser explodiert: «Weißt du, wo eine hinkommt, die so ist wie du?» Sein feuchter Zapfen im Gesicht zittert bedrohlich. Diesmal zähle ich seine dunklen Löcher nicht, als er näher kommt. Ich gehe lieber vorher weg.

Fürs Zmittag helfe ich Grosi Kefen rüsten. Die Fäden sind lang, aber nicht so lang wie Mutters Fäden für die Krawatten. Mit denen kann ich keinen Knopf machen. Vor dem Küchenfenster singt Viertelabnüünis Vater schon wieder weiter, etwas lauter als sonst. Nicht mehr lange, da bin ich mir sicher. Ich rüste nur jede zweite Kefe, bei den anderen lasse ich die Fäden drin. Vor dem Essen betet Großvater, weil er meint, er müsse das tun, weil ich jetzt wegen Mutter katholisch bin. Vermutlich war ich das schon immer, nur hat Vater uns das noch nie gesagt. Großvater betet: «Red, was wahr ist. Iss, was gar ist. Trink, was klar ist. Lieb, was rar ist. En Guete.» Ich muss nicht lange warten. Der Schnapser hat Mühe mit den Fäden in den Kefen. Sie bleiben ihm im Hals stecken. Er keucht wie seine Dampfmaschine und schnappt nach Luft. Es riecht nach Schnaps über den ganzen Tisch. Sein Zapfen im Gesicht wackelt wie Mutters Kasperlefigur, scheint zu platzen, jeden Moment. Großvater schlägt ihm auf den Rücken. Dem Schnapser geht es mies. Ich rutsche langsam nach hinten, sinke tiefer auf der Eckbank, bis nur noch meine Augen über die Tischplatte schauen. Ein bisschen schäme ich mich vor Grosi, weiche ihrem Blick aus, sie weiß ja immer alles. Aber dem Schnapser will ich zuschauen, wie er um sich schlägt und stiller wird. Ich glaube, er hat für immer ausgesungen.

Seine Stimme findet der Schnapser nicht mehr, auch nicht am Abend, als ich mit ihm über den Napf auf die Vorderseite fahre, weil Grosi darauf besteht, ich müsse wieder nach Hause. Ich darf nicht zu Fuß, ich muss mit dem Schnapser gehen, damit Grosi sich nicht um mich sorgen muss.

Zu Hause lausche ich auf der Schwelle. Nur nicht zählen, nicht stehen bleiben. Sie sitzen in der Küche. Ich schaffe die Schwelle, ohne dass etwas passiert, weil ich mich auf das Metzgermesser und Großvaters Zopf in der Hand konzentriere. Unbemerkt gehe ich ins Zimmer. In der Ecke liegt mein Stoffrestenzelt auf einem Haufen, daneben liegen die Spulen. Es sieht aus, als hätte Dora in meiner Sammlung gewühlt. Ich kontrolliere als Erstes die mit den Strichen. Die Batzen sind noch drin. Auch Uelis Badekappe. Die Schnauzhaare von Mizli stecke ich in eine leere Spule. Den Zopf schiebe ich unter den Stoffhaufen zum Akkordeon, das Messer lege ich daneben. Man kann nie wissen. Ich kauere am Boden und überlege mit sturmem Kopf, wie das weitergeht, wische Schweißtropfen von der glühenden Stirn. Mir ist schwindlig. Akkordeon kann ich jetzt nicht spielen. Ich stehe wieder auf. Alles dreht sich im Zimmer. Am besten, ich geh ins Bett.

Vater steht vor mir. «Hast du dich beruhigt?» Er nimmt mich an den Schultern, hebt mein Kinn. «Schau mich an.» Ich schaue auf seinen Bauch, ich will jetzt nicht das Gleichgewicht verlieren und mache mich breitbeinig. Die Hände kreuze ich zur Sicherheit auf dem Rücken. Das Verbotene soll mir bei Vater nie mehr passieren. Mutter soll nur schauen. Sie stehen alle in der Tür, auch Dora und Res. Vaters Hand lässt mein Kinn los. Ich zucke zusammen. Dabei hat er mich gar nicht geschlagen. Er drückt mich an seinen Bauch. «Wir haben uns Sorgen gemacht um dich. Einfach abhauen. Was sind das für neue Manieren.» Ich mache mich frei. Er hält mich fest. Ich winde mich, bin gefangen in seinen Händen. Was soll ich tun? Vater lässt nicht los. Ich wehre mich, muss aus seiner Klemme, sonst passiert es mir wieder. Ich habe keine Wahl, er muss es doch spüren, weiß doch auch, dass es verboten ist, sich da unten anzufassen, wo jetzt meine Hände sind. Ich sage: «Papa, bitte nicht.» Vater sagt: «Lilly, wann nimmt das ein Ende mit dir?» Ich beiße ihm in den Bauch. Vater packt zu, drückt meinen Arm, schüttelt mich. Ein Schmerz, ein Schrei, der Hoger platzt in meinem Arm. Ein Riesendruck geht raus aus mir. Ich sacke in die Knie. Alle stehen und starren, wie es fließt, das ganze Wasser, endlich raus aus meinem Arm. Ich seufze. Vater kauert nieder, nimmt meinen Arm in seine Hände.

Ich muss zu Hause bleiben, weil ich hohes Fieber habe, fast eine ganze Woche. Am Mittag nach dem Nebenverdienst kommt Vater als Erstes zu mir. Er hat immer etwas in der Mittagsschachtel, das ich gern esse, das nicht weich ist wie ein Gnagi, und das ich schlucken kann, das bei mir auch runtergeht und nicht im Hals stecken bleibt. Sogar neue Spulen stellt er in meine Sammlung. Am Abend, bevor er zur Nachtschicht geht, streichelt er meinen Arm. «Warum hast du nichts gesagt? Du hättest sterben können.» Ich frage: «Wie ist Großvater gestorben?» Vater schweigt wieder. Mutter steht da. Wir müssen zum schwarzen Herz beten. Die Tür lässt sie einen Spalt offen.

Nach einer Woche darf ich wieder in die Schule. Aber ich brauche noch eine Entschuldigung. Ich wüsste schon, was schreiben. Hinter der Wand ist es still, kein Schnarchen. Also schläft Vater noch nicht. Ich setze mich auf seine Bettkante, gebe ihm mein Papier und diktiere: «Liebes Fräulein Sidler. Die Tinte im Arm gab eine Blutvergiftung. Die dauerte vom Dienstag bis Freitag. Bitte entschuldigen Sie das Fehlen von Lilly. Es wird nicht mehr passieren.» Vater gibt mir die Entschuldigung wieder zurück. Ich nehme sie nicht. «Du musst noch unterschreiben.» Er will, dass ich damit zu Mutter gehe. Ich weiche nicht von seiner Bettkante und sage: «Beim Onkel hast du doch auch unterschrieben.» Vater schweigt, schaut wieder hoch zur Holzdiele. Das hat sicher mit seiner Geschichte zu tun. Ich lege mich neben ihn hin und schaue auch so wie er. Bis er unterschreibt.

Endlich kann ich mit Vreneli, Ueli und Viertelabnüüni wieder auf einen Ladewagen springen. Rauch steigt aus dem Wald vom Nebenverdienst. Der Vater von Ueli klettert auf einen Masten. Der von Viertelabnüüni überholt uns auf seiner Schnapsmaschine. Die LU 915 wackelt hin und her, und ich erzähle ihnen die ganze Geschichte mit der Blutvergiftung, vom Hoger auf meinem Arm, der immer größer wurde und plötzlich wie der Napf aussah. Vreneli redet mir wieder ins Wort: «Weißt du jetzt, wie dein Großvater gestorben ist?» Ueli sagt: «Alles, was wir der Linde sagen, bleibt bei der Linde.» Und Viertelabnüüni sagt, das mit dem Wünschen funktioniere. Sein Vater singe nicht mehr.

Nach der Schule breite ich die Stoffresten am Boden aus. Ich brauche Platz, ich will jetzt auch einen Tisch. Das Akkordeon kommt in die Mitte. Mit der Spule dreizehn gehe ich zu Vaters Holzstock hinter dem Haus. Bless winselt und meint sicher, ich komme zum Spielen. Ich habe jetzt keine Zeit. Ein halbes Jahr ist vorbei. Ich säge die Spule dreizehn in der Mitte durch, werfe eine Hälfte in den Tannzapfenkorb, die andere Hälfte stelle ich auf meinen Tisch, ans Ende der zweiten Reihe. Schade, ob halb oder ganz, beim Zählen komme ich immer noch auf Dreizehn.

Ich spüre, wie Dora zuschaut, was ich mit meinen Spulen mache. Soll sie nur, sie wird noch staunen, wenn ich plötzlich nicht mehr nach Hause komme, weil ich mit dem Zug weitergefahren bin. Ihre Schulmappe schiebe ich zur Seite. Ich mag auch keine verstreuten Gufen in der Nähe von meinem Tisch.

Ich spiele wieder Akkordeon. Auf der linken Seite entdecke ich einen Knopf, ganz allein, oben in der Ecke. Wenn ich mit dem Daumen darauf drücke, darf ich spielen, solange ich will. Dieser Knopf schluckt alle Töne. Ich muss einfach immer daran denken: Der linke Daumen gehört dahin, damit Vater schlafen kann. Als Erstes übe ich die Tonleiter, wie Res. Das einzig Dumme ist, dass ich bei allem zähle. Da ich immer noch nicht weiß, ob der Herr Pfarrer recht hat mit der Unglückszahl, übe ich die Tonleiter nur einmal.

Ich erfinde die erste Melodie. Das ist knifflig mit einem Akkordeon, weil man mit beiden Händen zwei verschiedene Sachen tut und doch dasselbe spielt. Mit der Linken den Takt, mit der Rechten die Melodie. Dem Takt bin ich immer etwas voraus, weil ich mich mehr auf die Melodie konzentriere. Wie das tönt in Wirklichkeit, ist eine Frage der Zeit. Den Kopf lege ich auf den Luftbalg, damit ich besser spüre, was da drinnen entsteht. Das mit dem Knopf, der die Töne frisst, ist nie ganz sicher. Manchmal spickt mir der Daumen weg, oben in der linken Ecke. Dann kommt die Melodie, und Vater hört auf zu schnarchen, hinter der Wand.

Ich muss endlich wissen, ob der Herr Pfarrer recht hat mit der Unglückszahl. Die halbe Spule gefällt mir nicht in der zweiten Reihe. Sie kippt immer um, wenn ich zu fest am Luftbalg ziehe. Am besten frage ich Dora, sie sitzt ja im gleichen Zimmer. Ich muss nur die Frage richtig stellen. Der Herr Pfarrer hat mir auch schon zugehört und eine Antwort gegeben. Ich frage: «Bringt die Zahl Dreizehn in der Mathematik Glück?» Dora schüttelt den Kopf hin und her. Sie schnauft sogar zünftig dabei. Das heißt sicher nein. Zum ersten Mal antwortet sie mir. Der Herr Pfarrer hat also doch recht. Ich werfe alle zwölf Spulen und die halbe Dreizehn in den Tannzapfenkorb. Aber die mit meiner Sammlung drin, die behalte ich.

Diese Nacht sitze ich noch lange wach im Bett und schaue runter auf den Boden. Nicht mal die Töne vom Treppenhaus zähle ich. Nichts kann mich stören. Ich habe jetzt meinen eigenen Tisch. Die Sammlung, wie sie dasteht in einer Reihe, gefällt mir. Am schönsten sind die Perlmuttknöpfe am Akkordeon. Vom Mond beschienen, leuchten sie. Da höre ich Sissy, Uelis Geiß. Mich dünkt, ihr Schatten schwebe direkt vor unserem Fenster vorbei. Das Glöcklein bimbelt heftig. Es müsste doch drüben bei der Scheune tönen, nicht vor unserem Haus. Grad gestern hat Ueli mit seinem Vater den Zaun versetzt. Ich sage: «Das könnte einer sein.» Dora stöhnt unter mir, ich solle endlich schlafen, aufhören mit meinen Geistergeschichten. Irgendwann muss ich beim Zuhören des Glöckleins eingeschlafen sein.

Am Morgen wecken mich Stimmen. Uelis Vater braucht unsere Hilfe. Dora sagt, sie habe vermutet, etwas laufe schief, als sie in der Nacht Sissys Glöcklein vor dem Fenster bimbeln hörte. Aus meinem Doppelstockbett sehe ich Ueli mit Spannseilen in unsere Richtung rennen. Ich habe nicht geträumt. Drüben bei seiner Scheune liegt der Zaun am Boden, Sissy ist abgehauen.

Beim Kreuz schauen alle zu, wie Uelis Vater sich ins Änziloch abseilt. Nur Vreneli schaut nicht hinunter. Sie glaubt immer noch, wenn man das tue, werde man ein Geist. Auch Viertelabnüünis Vater hält seine Schnapsmaschine an und schaut runter. Mutter ruft: «Sissy frisst meine Lieblingsblumen.» Alle lachen, und Mutter strahlt. Vrenelis Vater legt seine rußige Hand auf meine Frisur und sagt: «Was hast du für eine schöne Mutter.»

Weit unten, auf einem Absätzchen, meckert Uelis Geiß, kann nicht mehr hoch und auch nicht weiter runter. Uelis Vater wickelt sein Seil um ihren Bauch und gibt ihr einen Schupf. Sie schwebt ins Leere und schwankt, zappelt mit den Beinen. Alle rufen ihr zu, jeder etwas anderes, damit Sissy nicht ihr Gleichgewicht verliert, bis sie oben steht. Dann werfen sie das Seil wieder runter. Uelis Vater stemmt seine Beine in die Fluh, klettert hoch, wie er es bei den Strommasten tut. Zwischen den Zähnen leuchtet eine Blume zündgelb, die immer größer wird, je näher er zum Kreuz hochkommt. Mutter strahlt: Ein Ankebälleli, extra für sie.

7

Es schneit. Der Napf ist weiß. Dora füttert jetzt eine Raupe, weil sie im Winter keine Insekten zum Sammeln findet. Ich spiele weiter Akkordeon, jede freie Minute, außer, wenn ich für Mutter Abstände ausmessen darf.

Nach dem Singen in der Kirche, wenn wieder einer gestorben ist vom Napf und aufgebahrt in der Totenkapelle liegt, gehe ich nicht mehr mit Vreneli nach Hause. Ich habe aufgehört, Honigbrote zu essen. Ich gehe auch nicht mehr in die Bäckerei. Vreneli kauft allein ihr Doppelkilo Brot. Lieber sammle ich die Batzen, die der Dirigent uns gibt und stecke sie zu Hause in die Sammlung meiner Spulen. Für jeden Batzen mache ich einen Strich.

Schwere Schritte tönen im Treppenhaus. Als es läutet an der Tür, trompetet Res drauflos. Diesmal eine Extramelodie. Dora macht auf der Blockflöte mit und ich spiele mit meinem Akkordeon den Takt, damit der wenigstens stimmt. Zum ersten Mal lasse ich den Daumen auf dem Knopf oben links los. Das tönt. Und wie das tönt! Das fährt ziemlich in den Bauch. Ich darf, Vater schläft ja nicht, weil es Samichlaustag ist. Ich weiß schon, wer da kommt, unter dem roten Hut und dem angeklebten weißen Bart. Ich gebe ihm die Hand. Diese Kauzaugen kenne ich doch. Er weiß alles über mich. Es steht geschrieben in seinem Buch. «Lilly, du machst noch in die Hosen, habe ich gehört.» Das weiß er sicher von Vreneli. Die erzählt zu Hause immer alles. «Lilly lügt manchmal», liest er weiter. «Eine Rute muss der Samichlaus wohl auch wieder hierlassen?» Ich nicke. Hätte ich doch nein gesagt. Es ist alles meine Schuld. Ich nehme die Rute nicht nur entgegen, ich hänge sie an ihren Platz, hinter die Tür vom Küchenschrank. Da ist noch ein dünner Rest vom letzten Jahr. Weg damit, in den Tannzapfenkorb.

In der Schulpause gibt es im Winter warme Schoggimilch. Das Geräusch der klirrenden Flaschen höre ich während des Unterrichts schon von weitem. Dann werde ich immer hellwach, weil ich Hunger habe.

Der Milchmann steht mit seinem Wagen bereit, wenn wir auf den Pausenplatz stürmen. Klasse für Klasse reihen wir uns auf und müssen den Namen sagen, wenn wir endlich vorne bei den Flaschen sind. Wer nicht einbezahlt hat, kommt auch nicht im blauen Büchlein vor, das der Milchmann führt. Wer zu Hause keine Batzen hat, kriegt nichts, steht daneben und schaut zu. Zum Beispiel Ueli. Vreneli will sich schon wieder bei mir einhaken. Ich mag das nicht, ich schiebe sie weg. Ich will jetzt meine Milch. Von mir aus kann sie sich vor mir in die Reihe schieben. Das tut sie dann auch prompt. Ich schaue über sie hinweg auf die dampfenden Flaschen, die der Milchmann Harrasse um Harrasse für jedes Kind entkapselt. Schritt für Schritt komme ich den Flaschen näher.

Da ist es wieder. Genau dann, wenn ich es nicht erwarte. Ganz plötzlich kann es kommen, nichts zu machen. Die Augen werden schwer, ich reiße sie auf, kämpfe mit einem steifen Nacken. Ich kenne das bereits. Einfach breitbeinig hinstehen, das Gleichgewicht halten. Schon tauche ich ab. Genauso schnell bin ich wieder da, stehe hellwach in der Reihe. Vielleicht ging es diesmal etwas länger. So genau weiß ich das nie, weil ich dann nicht zähle. Ich tue, als ob nichts wäre. Bis jetzt hat es noch nie jemand bemerkt.

Die Flaschen stehen vor mir. Vreneli schiebt sich wieder rein, vor mir in die Reihe. Das gibt es doch nicht. Die war doch vorher schon vor mir. Ich habe ihr ja den Vortritt gegeben. Jetzt kommt die nochmals und steht vor mich hin, greift nach meiner warmen Flasche. Ich stelle mich dazwischen. «Du warst schon einmal dran.» Vreneli starrt mich an. «Du lügst. Ich musste Bisi machen.» Ich bleibe bei meiner Behauptung, sonst meinen die anderen, ich lüge. Ich sehe, wie Ueli starrt, er starrte sicher schon die ganze Zeit, auch als ich mich breitbeinig machte. Ich sage zum Milchmann genau das, was ich erlebt habe: «Vreneli hat sich jetzt grad zum zweiten Mal in die Reihe vor mich gedrängt. Ich habe es mit eigenen Augen gesehen. Also war sie schon mal dran.» Vreneli weint. «War ich nicht. Ich hatte noch keine Milch, Fräulein Sidler.» Fräulein Sidler steht jetzt auch neben den Flaschen. Sie glaubt mir, weil ich bei Gott schwöre und es ihr genau beschreiben kann, wie Vreneli sich nochmals vor mich in die Reihe schob. Fräulein Sidler sagt: «Vreneli, wir lügen nicht.»

Vreneli muss aufs Schulzimmer. Während der ganzen Pause steht sie am Fenster und weint, weil ich meine warme Milch allein trinke. Sie schaut auf jede Bewegung, wie ich die Flasche leere, ohne einmal abzusetzen. Viertelabnüüni und Ueli stehen daneben, weil sie keine Batzen haben. Dafür haben sie von der Armengemeinde Holzschuhe mit Eisen an den Sohlen und können Funken schlagen, wenn wir im Stockdunkeln zur Schule gehen.

Ein bisschen tut es mir leid, das mit der Milch, als wir hinter den Funken den Napf hochgehen. Aber Vreneli kann manchmal mühsam sein mit ihrer hohen Stimme, und dauernd dieses Einhängen. Ich schiebe sie weg. Sie hat so etwas Liebes wie ihr Mueti. Immer will sie über alles reden. Ich will jetzt nicht reden, nicht über Milch noch über irgendwas. Vreneli sagt: «Du wirst mal wie deine Mutter.»

Zu Hause auf der Schwelle habe ich ein komisches Gefühl. Ich höre das Geräusch von Batzen. Ich drücke die Hände zwischen die Beine, spüre sofort, etwas stimmt nicht unter unserem Dach. Aus der Stube höre ich eine Stimme, die noch nie bei uns war. Ich gehe schnell über die Schwelle. Besser nicht zählen. Die fremde Stimme ist ein Mädchen. Sie redet mit Dora vor Mutters Kommode über Raupen und wie viel sie kosten. Die Glastür der Pendeluhr steht weit offen, die Schublade der Kommode auch. Ich bleibe hinter der Glastür stehen. Sie schauen durch mich hindurch und verhandeln, zählen Batzen aus Mutters Büchse, die immer leerer wird. Das fremde Mädchen steckt alle ein, füllt damit ihre Taschen. Ich sage: «Bitte nicht.» Dora sagt: «Hau ab. Sonst sag ich das mit dem Honigglas.»

Dora verschraubt die leere Batzenbüchse, schiebt die Schublade der Kommode zu, dass es rumpelt. Das Foto von mir wackelt, kippt um. Dora schließt ab. Den Schlüssel gibt sie mir: «Leg ihn zurück. Du weißt ja, wohin.» Ich stehe allein in der Stube mit dem Schlüssel in der Hand. Das Herz klopft schnell. Mich dünkt, das Schnarchen von Vater hört auf hinter der Wand. Mein Foto stelle ich wieder auf, genau so, wie Mutter es hingestellt hat. Dann werfe ich es doch wieder um. Das sieht aus, als wäre ein Einbrecher hier gewesen. Ich lege den Schlüssel hinter das Zifferblatt. Meine Hand zittert. Dabei tönt es, als würde das Pendel ein Uhr schlagen. Ich schaue nochmals zur Kommode. Das Bild stelle ich doch besser wieder auf, genau so, wie es immer gestanden hat. Dann merkt es Mutter nicht so schnell.

Dora beobachtet mich. Ich kauere vor meinem Tisch. Akkordeon spielen kann ich jetzt nicht. Ich leere die Spulen mit meiner Sammlung, zähle Mizlis Schnauzhaare, dann die Batzen. Wenn nur dieses Angstgefühl nicht wäre. Mutter kommt sicher jeden Moment nach Hause. Bei jedem Geräusch zucke ich zusammen, drücke zwischen den Beinen, damit mir nichts passiert.

Hätte ich doch keine Spulen fortgeworfen. Dann könnte ich weiterzählen. Aber jetzt kann ich sie nicht aus dem Tannzapfenkorb nehmen, das würde Dora merken, sie schaut ja auf jeden Schritt von mir.

Nachts bete ich: «Bitte, lieber Herrgott, mach, dass das fremde Mädchen die Batzen zurückbringt. Ich verspreche dir, ich gehe jeden Tag in die Kirche und zünde ein Kerzlein an, wenn du mir hilfst.» Drüben an Uelis Scheune brennt Licht. Das Kreuz leuchtet und mahnt mich an das Böse. Beim Frühstück rede ich kein Wort. Dora auch nicht.

Es passiert am frühen Morgen, als der Bus mit der Heimarbeit vorfährt. Ich trage die fertige Schachtel von Mutter hinaus und nehme die neue entgegen, samt den Batzen für die Heimarbeit. Dora bleibt im Gang stehen. Ich gebe Mutter die Batzen. Sie geht damit in die Stube zur Kommode. Ich höre, wie sie an der Schublade rüttelt, bleibe an der Schwelle stehen mit der neuen Schachtel. Mutter kommt mit der leeren Büchse zurück. «Wer hat das getan?»

Res muss nichts befürchten. Ich trete auf die Seite, mache ihm Platz, damit er zur Schule gehen kann. Dora schaut erst zu mir, dann auf die leere Büchse, als wüsste sie nicht, wovon Mutter redet. Mutter schaut mich an. Ich klammere mich an die Krawattenschachtel. Wenn nur das mit meinen Angstgefühlen nicht wäre. Ich zähle. Bis dreizehn bleibt es warm. Dann wird es kalt zwischen meinen Beinen. Dora geht an mir vorbei, in die Schule.

Mutter rüttelt an der Tür, wo Vater schläft. «Jetzt zeig du es ihr mal.» Vater steht auf, aus tiefem Schlaf, etwas wirr im Blick. Ich sage: «Ich habe keine Batzen, nur die in den Spulen.» Vater durchsucht das Zimmer, schaut sich meinen Tisch, meine Sammlung an. Er reißt den Stoff hoch, schüttelt ihn. Das Akkordeon fällt um. Die Spulen fliegen durchs Zimmer. Die Batzen rollen heraus. Ich sammle sie ein und gebe sie Mutter. Sie decken kaum den Büchsenboden. Mutter fragt: «Wo sind die anderen?» Ich sage: «Ich habe erst so viel.» Vater schüttelt das Negerkässeli. Es tönt voll. Der Negerkopf nickt. Mutter winkt ab. Ihre Sammlung hätte da drin gar keinen Platz. Vater schickt mich in die Küche. Ich weiß, was jetzt kommt. Das macht er nicht gern. Er tut es wegen Mutter. Ich öffne den Schrank mit der Rute hinter der Tür, hänge sie ab und gebe sie ihm. Vater hat Augen wie in Grosis Tenn, wenn er Blut trinkt. Ich halte hin, gebückt, den Kopf eingeklemmt zwischen seinen Knien. Diesmal zähle ich nicht. Es hat keinen Sinn.

Ich habe heiß, fühle die Glut im Rücken. Es klopft, brennt wie Feuer. Ich weiß nicht, wie stehen, kann mich kaum bewegen, schon gar nicht auf dem Rücken liegen. Der Schluckauf geht nicht weg. Es ist, als würge ich an mir selbst. Ich kann machen, was ich will, Mutter glaubt mir nicht.

Abends betet Mutter mit mir zu meinem schwarzen Herz, das immer schwärzer wird. Ihre Augen stechen, tun mir weh. Ich schaue sie trotzdem an. So fest möchte ich, dass sie mir glaubt. Ich weiß, ich habe es nicht getan. Nie würde ich meiner Mutter Batzen klauen. Nicht mal die Büchse berühren, wenn sie die Schublade rauszieht. Sie muss es doch spüren. Unter mir blättert Dora in ihrem dicken Buch. Mutter taucht ihre Finger ins Weihwassergeschirr, das neu am Rahmen der Eingangstür hängt, und macht uns das Kreuz auf Stirn, Kinn und Herz. Die Tür lässt sie einen Spalt offen. Die Tränen rollen kalt in meine Ohren. Die Töne werden laut, gehen erst weg, wenn der Morgen kommt.

Wegen den Batzen muss ich zu Hause bleiben, darf als Strafe nicht in die Schule. Vreneli, Ueli und Viertelabnüüni treffen sich wie immer beim Kreuz. Aber sie warten nicht auf mich. Ich sehe, wie sie zu unserem Haus hochschauen, reden, und wie sie dann schnell weitergehen. Bei uns auf dem Napf wissen immer alle alles von allen. In die Schule darf ich erst, wenn ich Mutter sage, wo die Batzen sind. Hätte sie doch anders gefragt. Ich kann nicht wissen, wo sie sind. Ich weiß nicht, wo das fremde Mädchen mit ihnen hingegangen ist. Ich kenne nicht mal ihren Namen. Dora hört zu. Dora schaut. Dora schweigt.

Ich habe Glück. Irgendwann ruft Fräulein Sidler an. Meine Mutter sagt, ich mache ihr Sorgen, ich stehle Geld. Sie wisse nicht, wie das weitergehe mit mir. In Fräulein Sidler täuscht man sich nicht. Ich darf wieder in die Schule. Vreneli, Ueli und Viertelabnüüni warten schon beim Kreuz auf mich. Sie starren und warten, machen keinen Wank, bis ich voraus, allein den Schulweg runtergehe. Mich dünkt, Vreneli rede hinter mir von Batzen. Sie halten einen Abstand, bis ich bei Fräulein Sidler ankomme, damit ich ihnen nichts stehlen kann.

Nach der Schule schaffe ich die Schwelle zu Hause immer weniger. Ich stehe lieber draußen in der Kälte bei Bless, warte, bis Mutter mich holt. Ich fürchte mich vor dem Verhör, vor ihren Fragen, die ich nicht beantworten kann. Sie näht Heimarbeit, sitzt auf ihrem Stuhl, steht auf, trägt die fertigen Krawatten zum Bügelbrett. Ich muss immer vor ihr stehen, mich mitbewegen, hin und her. Was sie auch fragt, ich kann ihr nicht sagen, wo sie sind, ihre vielen Batzen, für die sie sich, wie sie immer wieder betont, all die Jahre «abgerackert» hat.

Das Verhör dauert den ganzen Winter, fast eine halbe Spule. Immer dieselben Fragen. «Was hast du gemacht mit den Batzen? Wer weiß davon? Wer war dabei? Wo sind sie, die vielen Batzen? Du Fratz. So was von scheinheilig. Schaut zum Bild an der Wand, phantasiert von einem Strich am Horizont und klaut mir dabei die Kommode leer. Eine Schande bist du, für die ganze Familie. Was denken nur die anderen. So eine Durchtriebenheit. Bettelt an fremden Tischen um Honigbrote. Als wäre unsereiner nichts wert.»

Ich gehe in den Keller. Auf der Treppe winselt Bless. Ich kraule ihn, er darf nicht bellen. Ich steige hinunter und schüttle das Honigglas. Es hat sich nichts verändert, oben schwimmt das Wasser, das nicht runterwill. Ich kann Mutter nie sagen, was mit den Batzen war. Sonst sagt Dora das mit dem Honigglas. Beim Rausgehen bleibe ich vor den Oranginaflaschen stehen, öffne eine, es zischt so schön. Nur einen Schluck. Es tut gut, man sieht es kaum. Bei den andern mache ich es auch.

Wenn es doch nur keine Nächte gäbe. Immer diese Töne. Es dauert so lange, bis der Morgen kommt. Ich höre die Pendeluhr elfmal schlagen. Dann zwölf. Und wieder von vorn. Immer dieser Türspalt, das Licht am Kreuz und an Uelis Scheune. Die kalten Tränen im Ohr. Die Änzilochjungfrau an der Wand, ihr Hund mit den roten Augen. Das Schwert in Marias Herz. Der Schatten im Gang. Überall Tannzapfen. Wenn ich nur mit jemandem reden könnte, so wie Grosi und Großvater das abends auf der Ofenbank tun.

Das Verhör wegen der Batzen geht weiter.

Der Rücken brennt noch lange von Vaters Rutenschlägen. Wenn ich mich da hinten kratze, habe ich Blut an den Händen. Ich hoffe auf den Tag, wo Vater nach Hause kommt, die Schachtel auf die Küchenbank stellt und sagt: «Mutter, hör auf.» Aber Vater schweigt. Vater sagt nichts. Vater schnarcht.

Es klopft an unsere Tür bei Fräulein Sidler. Ich stehe auf und sage: «Das ist er, der Kindsentführer.» Da bin ich mir sicher. Die Erstklässler in der vordersten Reihe geraten in Panik. Auch Vreneli glaubt mir immer noch alles. Aber es ist der Herr Doktor im weißen Kittel. Er holt uns ab.

Wir folgen ihm durch den Gang in den Singsaal. Jedes Kind muss seinen Namen sagen. Diesmal fragt niemand nach Vaters Beruf. «Oberkörper freimachen», sagt der Herr Doktor. Die Erstklässler müssen zuvorderst stehen. Alle ziehen den Pullover aus. Vreneli hängt sich wieder ein bei mir. «Du auch.» Ich schüttle sie ab. Ausziehen kommt für mich nicht in Frage. «Auf die Waage stehen», sagt Fräulein Sidler, und bei Ueli schimpft der Herr Doktor wegen Untergewicht. Wir gehen in einer Reihe rund um den schwarzen Flügel bis zu den schwarzweißen Tasten, wo der Herr Doktor jetzt mit einer langen Spritze steht. Er sticht uns in den Oberarm. Ueli müssen sie halten, der Herr Doktor und Fräulein Sidler, er wehrt sich wie wild, solche Angst hat er. Danach fällt er in Ohnmacht. Das kennen wir bei ihm. Er steht schon bald wieder auf. Als ich an die Reihe komme, dreht er sich auf dem Klavierstuhl um und starrt mich an. Ich weigere mich, meinen Pullover auszuziehen: «Herr Doktor, ich muss nicht impfen, ich habe alle Kinderkrankheiten schon gehabt.» Vreneli holt tief Luft, setzt mit ihrer dünnen Köhlerstimme zum Reden an. Ich weiß schon, was jetzt kommt. Ich will es nicht mehr hören, nie. Das Blut schießt mir in den Kopf. Ich stürze mich auf Vreneli. «Ich lüge gar nicht.» Der Herr Doktor und Fräulein Sidler sind zu zweit stärker als ich und ziehen mir den Pullover hoch. Ich kann nicht verhindern, dass es doch alle sehen. Die ganze Schule starrt auf meinen Rücken mit den roten Striemen.

In den Arm stechen tut mir der Herr Doktor zum Glück nicht. Aber Fräulein Sidler gibt mir einen Brief mit nach Hause. Er ist leider zugeklebt. Besser, ich lege ihn hinter das Negerkässeli. So sieht ihn Mutter vielleicht erst nach dem Beten und der Heimarbeit, beim Licht ausmachen.

Es ist still im Haus, die Stube leer. Ich zerre den Tannzapfenkorb beim Ofen um die Ecke ins Badezimmer, klettere auf die Kanten. Im Spiegel versuche ich auf meinen Rücken zu schauen. Ich muss auch wissen, wie das aussieht da hinten. Mit gespreizten Beinen gehe ich auf die Zehenspitzen, strecke mich in die Länge. Der Korb kippt unter mir weg. Die Tannzapfen und Spulen fliegen durchs Badezimmer. Bless reißt an der Kette, er hört immer alles. Schnell saubermachen, den Korb zurück vor den Ofen stellen, als hätte ich grad neu Tannzapfen nachgefüllt. Mutter sieht den Brief schon vor dem Abendgebet.

Ich muss danebenstehen, als meine Mutter mit mir in die Schule kommt. Geld hat Fräulein Sidler bei mir noch nie gesehen, sagt sie. Sie habe das ganze Pult durchsucht. «Aber vielleicht sollten Sie das mal anschauen, Frau Beer.» Ich muss das Pult öffnen und Mutter die Hefte zeigen, die unter dem Deckel liegen. Da kommt es aus, das mit meiner Hand, die immer alleine schreibt. Mutter will wissen, warum ich nicht auf den Linien schreibe. Ich weiß selber nicht, woher das kommt. Immer geht die Hand nach oben, quer übers Blatt, bis zum Rand. Ich drücke zwischen den Beinen, damit nichts passiert. Mutter reißt meine Hand weg, will, dass Fräulein Sidler mich beobachtet und ihr berichtet, ob ich Batzen ausgebe. Sie müsse wissen, wo das viele Geld hingegangen sei. Fräulein Sidler verspricht ihr einen Brief, sollte ihr etwas an mir auffallen. Es ist immer dasselbe. Wo Mutter auftaucht, dreht sich alles um sie. Mutter redet. Mutter ist stark. Mutter ist schön.

Der Herr Doktor will meine Mutter auch sehen. Bei ihm muss ich nicht danebenstehen, als sie über mich reden. Er will allein sein mit ihr. Vermutlich muss ich doch impfen, sonst würde nicht so eine lange Spritze parat auf dem Eisenbett liegen. Abhauen kann ich nicht. Es hat nur eine Tür, und dahinter redet der Herr Doktor mit meiner Mutter. Ich höre etwas von roten Striemen. Als die Tür wieder aufgeht, schaut Mutter mich mit Gufenaugen an.

Den Pullover zieht der Herr Doktor mir diesmal nicht aus, er sagt, es reiche, wenn ich den Ärmel lüpfe. Ich klettere aufs Eisenbett und lege mich auf den Bauch, mit dem Kopf nach unten. Ich will nicht sehen, wie er die Spritze in meinen Arm reinsticht. Aber ich zucke zusammen, als er mich anfasst und auf den Rücken dreht. Er sagt: «Keine Angst, ich schlage keine Kinder.» Ich zähle. Es hilft. Ich staune immer wieder. «Eins, zwei, drei, vier, fünf, sechs, sieben, acht, neun, zehn, elf, zwölf, dreizehn.» Bei dreizehn zieht er die Spritze wieder raus. Er sagt, ich mache das gut mit dem Zählen.

Das Verhör geht weiter.

Ich gehe jetzt jeden Tag nach der Schule in die Kirche. Die Hoffnung gebe ich nicht auf, dass Mutter mir eines Tages glaubt. Diesen Wunsch schreibe ich dem Herrgott ins Sorgenbuch. Dann zünde ich ein Kerzchen an und werfe einen Batzen ins Kässeli unter der heiligen Maria.

Manchmal stelle ich mich vors Pfarrhaus und hoffe, dass die Tür aufgeht. Der Herr Pfarrer hat doch gesagt, wenn wir etwas auf dem Herzen haben, dürfen wir es sagen. Ich zähle bis dreizehn, wenn er nicht kommt, kehre ich um. Bis jetzt ist er noch nie gekommen.

Einmal höre ich die schwere Tür aufgehen, als ich wieder in der Kirche bete. Schritte gehen durch den Mittelgang, kommen näher, bleiben hinter mir stehen. Der Herr Pfarrer kann es nicht sein. Es tönt nach mehr als einem Paar Schuhe. Ich wische meine Tränen ab, niemand soll sehen, wie es mit mir tut. Es ist Vreneli mit ihrem Mueti. Sie knien in der Bank hinter mir. Vreneli berührt meinen Arm und flüstert: «Wer hat das getan an deinem Rücken?» Ich habe mir geschworen, nie mehr vor Vrenelis Mueti über mich zu reden. Diesmal falle ich nicht darauf herein und sage: «Frag doch zu Hause deinen Samichlaus.»

Das Verhör geht weiter.

Immer am Samstag baden wir. Ich fülle den Korb mit Tannzapfen, bringe ihn Vater, er heizt den Ofen ein. Das gibt uns heißes Wasser für eine volle Badewanne. Zuerst kommt Res dran, dann Dora. Bis ich einsteigen darf, ist es nur noch lauwarm. Das Wasser brennt mich hinten wie Viertelabnüünis Schnaps am Arm. Vater kommt ins Bad, will mir den Rücken einseifen, wie er das samstags tut. Es wird still hinter mir. Vater sagt: «Was ist denn das?» Ich spüre, wie er beim Reden auf meinen Rücken starrt. Ich sage: «Das ist von dir. Ich war es nicht. Bitte, glaube mir.» Ich sehe kaum über den Wannenrand. Ich schlottere vor Kälte. Ich flehe ihn an:

«Papa, hilf mir.» Vielleicht kann er selber nicht glauben, was er sieht. Er geht rückwärts aus dem Bad. Ich höre, wie er hinter dem Haus auf den Holzstock schlägt. Ich bin ihm nicht wurst, das weiß ich jetzt.

8

Dass irgendwann das Licht angeht in der Nacht und Mutter aus ihrem Türspalt kommt, davor habe ich schon lange Angst. Ich folge auf Zehenspitzen dem Schatten durch den langen Gang, beobachte mich in der Glastür der Küche, wo ich neben mir nach vorne gehe. Beim Schuhchäschtli stocken meine Füße, obwohl ich noch längst nicht bei den Tannzapfen bin. Ich taste mich im Dunklen vor, jetzt kommt das Negerkässeli. Ich suche mit dem Zeigefinger seinen Kopf, schlage daran, damit es nickt. Etwas klemmt in seinem Hals.

Bless reißt plötzlich an der Kette, bellt wie wild. Ein Auto fährt vor unser Haus. Männerstimmen flüstern, ich erkenne das Singen meines Vaters. Jemand sagt: «Psst.» Das Auto rollt ohne Motor davon. Im Gang geht das Licht an. Mutter steht in der Tür und sieht, wie ich das Negerkässeli umgedreht in den Händen halte. Bevor sie etwas sagen kann, schwankt auch schon Vater über die Schwelle der Eingangstür. Res geht vom Bad in sein Zimmer.

Die ganze Nacht höre ich Vater stöhnen hinter der Wand. Es ist wie eine verkehrte Welt. Wochenlang kann mein Vater schweigen, und plötzlich redet er. Diesmal ist es besonders schlimm. Er stöhnt von Bauland, von Unterschreiben, dann singt er wieder, und einmal ruft er sogar meinen Namen. Ich halte es fast nicht aus. Wenn ich nur wüsste, was er unterschrieben hat und was mit Großvater passierte. Warum darf er uns das nicht sagen? Dora tut nichts dergleichen unter mir. Aber sie bewegt sich auch. Diesmal schwankt das Doppelstockbett wegen ihr. Mutter näht bis am Morgen Heimarbeit. Das Licht scheint nicht nur beim Kreuz und an Uelis Scheune, sondern auch bei uns, die ganze Nacht.

Am Morgen sitzt Mutter an einem Ende vom Gang. In der Hand dreht sie den Ehering. «Entscheidet selber, entweder mit ihm oder mit mir.» Am anderen Ende vom Gang, unter der Eingangstür, steht Vater. Er schweigt. Die Hose zittert an ihm. Er sollte endlich sagen, warum er schweigt. Warum er plötzlich so viel trinkt. Alles sollte er sagen, wie Großvater gestorben ist, warum er uns sein Schloss nicht zeigt, warum er von zu Hause weggegangen ist, und was passiert ist mit dem Testament. Macht doch nichts, wie schlimm es auch sein mag. Ich wäre ihm nicht bös. Er ist unser Vater. Ich habe ihn auch so gern.

Wir stehen in der Mitte des Gangs, Dora, Res und ich. Es ist, als wären wir mit Fäden aneinandergebunden, hin- und hergerissen zwischen Vater unter der gesegneten Tür und Mutter, die nicht mehr will. Diese Fäden kann man nicht zerreißen. Mit keiner Hand. Vater hat sie ja selber erfunden. Vielleicht sollte er einen Knopf machen und uns damit zusammenhalten. Es bleibt totenstill im Gang, nur die Pendeluhr schlägt: Eins, zwei, drei, vier, fünf, sechs, sieben, acht, neun. Nicht mal Dora hat eine Antwort parat, die doch sonst immer auf alle Fragen eine hat. In der Hand hält sie das Negerkässeli. Sie muss es dem Herrn Pfarrer bringen. Heute ist Fastenopfertag.

Der Ehering liegt tagelang auf Mutters Kommode neben meinem Foto. Vater geht weiter zur Nachtschicht und am Morgen zum Nebenverdienst. Die Mittagsschachtel stellt er auf die Küchenbank und schweigt weiter. Mutter näht Heimarbeit. Ich weiß nicht, redet sie mit mir oder mit Dora, als sie sagt: «Heiratet nicht zu früh. Macht möglichst lange keine Kinder.» Für mich ist klar, Kinder werde ich nie haben können mit meinem Herz, lieber hätte ich mit ihr darüber geredet, warum ich in jener Nacht das Negerkässeli in den Händen gehalten habe. Dora sagt: «Die Änzilochjungfrau wollte auch nie heiraten.»

Irgendwann ist der Ring zurück an Mutters Finger. Am Mittag darf ich Vater wieder seine schweren Schuhe abnehmen, trage sie hinaus auf den Balkon, stochere nach dem Fett in den Rillen. Uelis Schwester wartet umsonst auf Res, drüben vor der Scheune. Res hängt kein Abtrocktüchlein mehr hinaus. Er ist jetzt im Internat. Mutter sagt: «Aus Res wird bestimmt mal ein Pfarrer.»

Gnagi muss ich keine mehr essen. Wenn ich alleine vor meinem Teller sitze, kommt Vater nochmals in die Küche, blinzelt mich an und schiebt den Rest selber in den Mund. Erst dann geht er schlafen.

Das Schlimme passiert mir, als ich eines Tages wieder Märklein ins blaue Büchlein klebe, das Mutter in der Küchenschublade aufbewahrt. Ich tue das so gern. Unter dem Büchlein liegt ein Batzen. Das gab es noch nie. Aber ich klebe besser die Märklein auf. Nicht jede Marke hat den gleichen Wert. Die erste Seite dauert am längsten. Da klebe ich die Zwanziger ein. Von denen haben wir am meisten. Dabei muss ich immer an den Batzen in der Schublade denken. Mir wird ganz heiß, obwohl er immer noch dort liegt. Ich habe ihn ja nicht einmal berührt. Dieser Batzen wäre was für meine Sammlung. Die letzte Seite ist für die Fünfliber gedacht. Die spare ich auf bis zum Schluss, die habe ich am liebsten, weil sie die größten sind und so schön blau, wie mein Farbstift. Ich lege das Büchlein wieder zurück in die Küchenschublade und schaue nochmals auf den Batzen. Ich drehe ihn um. Er liegt sicher schon lange verloren, allein zwischen den Metzgermessern, dem

Schwingbesen und all den Dingen zum Rüsten. Niemand wird merken, wenn er fehlt.

Nach dem Singen gehe ich wieder mal in die Bäckerei. Ich habe Glück mit meinen zwei Batzen: Einen vom Singen und den von der Küchenschublade. Das gibt nicht nur ein Brötchen. Auch ein Schoggibranchli. Hinter mir geht die Tür nochmals auf, Vreneli kommt. Sie sieht, wie ich mit den zwei Batzen zahle und kauft neben mir ihr Doppelkilo Brot.

Mutter und Vater stehen im Gang, als ich nach Hause komme und auf der Schwelle stehen bleibe. Vater will wissen: «Wer hat die Märklein eingeklebt?» Er ist enttäuscht von mir. Sie haben einen Batzen in die Schublade gelegt, er und Mutter. Sie wollten sicher sein, dass nicht ich es bin, die Mutters Geld stehle. Der Batzen in der Schublade ist weg. Ich habe die Märklein eingeklebt. Wo ist der Batzen? Ich zeige meine leeren Hände. «Ich habe keinen Batzen.» Vater fragt: «Warst du im Dorflädeli oder in der Bäckerei?» Ich schweige. Er ruft die Bäckerei an. Wäre ich doch ins Lädeli gegangen.

Es kracht in meinen Ohren. Die Erde bebt unter den Füßen. Stämme fallen mit schwerem Donnern zu Boden. Die Bauern fällen Tannen für ihren Nebenverdienst. Alle sind im Wald. Die Mütter, die Väter, die Kinder. Wir sammeln die Holzresten vom Boden auf und die Tannzapfen, die wir zum Anfeuern brauchen.

Egal, ob Sommer oder Winter, meine Mutter singt im Wald. Ich singe mit. Jemand muss doch mitsingen, wenn Mutters Augen strahlen. Und überhaupt singe ich so gern. Hier kann ich laut, weil die Sägen der Bauern alles überdröhnen.

Vrenelis Mutter hat ihr Doppelkilo Brot dabei. Diesmal ist es Ueli, der von den Honigbroten profitiert. Als zum Zvieri auch die Sägen Pause machen, sagt er zu mir, er wisse, weshalb Res wegmusste von zu Hause. Mutter hört auf zu singen. Ueli redet weiter, ohne zu stottern: «Meine Schwester musste auch weg. Res ist schuld, weil er mit ihr in die Scheune ging. Er hat sie schwanger gemacht.» Ich nehme ihm das Honigbrot aus den Händen und sage: «Du gehst ja auch mit deinem Vater in die Scheune, damit er mit dir tun kann, was der Muni sonst mit der Kuh macht.» Jetzt schweigen alle. Es ist mäuschenstill. Vrenelis Mueti wischt wieder die Hände an ihrer Schürze ab. Ich glaube, sie hat Sommer und Winter dieselbe an. Sie wackelt mit ihrem Pneu an den Holzbeigen vorbei, als sie auf Uelis Vater zugeht und mit ihrem lieben Gesicht sagt: «Das gibt es doch nicht.» Die andern schweigen weiter, nur die Motorsägen beginnen wieder, und ich verschlinge Uelis Honigbrot selber.

Mutter hat jetzt doppelt so viel Heimarbeit. Die ganze Stube ist voll mit Seidenstoffen für Krawatten. Das Internat von Res kostet im Monat fast so viel, wie Vater in der Fabrik verdient. Nach dem Verhör gehe ich zum Korb mit den Tannzapfen. Jemand hat ihn aufgefüllt, bis zum Rand. Ein paar Zapfen fallen heraus beim Wühlen. Die Schuppen stechen. Unten auf dem Korbboden finde ich nichts Rundes zum Anfassen, nur Zapfen. Meine Spulen sind im Ofen gelandet.

Der Schnee schmilzt. Vreneli und Viertelabnüüni bringen jetzt beide den Vätern das Essen im Kesseli in den Wald, wo es raucht. Das Wünschen unter der Linde klappt. Viertelabnüünis Vater hat jetzt auch einen Nebenverdienst, er wird bald der neue Köhler. Mit Vrenelis Vater stellt er seinen ersten Meiler auf, reiht Holzstück an Holzstück, rund um einen Baumstamm, der senkrecht in der Mitte steht. Viertelabnüüni sagt: «Wenn der fertig ist, gibt's zehntausend Franken.» Vreneli redet ihm ins Wort: «Nur, wenn dein Vater nicht singt und keinen Schnaps an die Arbeit bringt, sonst geht der Köhlerplatz an einen andern.»

Vreneli spielt mit ihren langen Zöpfen, wickelt mich mit Ueli und Viertelabnüüni ein. Sie sagt: «Ich will nicht zügeln, ich will nicht zu den Protestanten gehn, ich will nie so eine Anstältlerfrisur.» Ich sage: «Du musst halt richtig wünschen. Sag doch der Linde endlich, was du willst.» Was das bei mir ist, weiß ich selber nicht. Ich möchte ja auch so lange Zöpfe wie Vreneli. Aber ich ertrage es nicht, wenn man mir nahe kommt. Mir ist dann nicht wohl, und ich weiß nicht, wohin schauen.

Mein Herz klopft, ich zittere, löse mich aus Vrenelis Zöpfen. Sie soll nicht sehen, wie das tut in mir. Ich spüre es ganz genau. Es ist in meinem Gesicht. Alles wird hart, vom Mund bis zu den Augen. Vreneli sagt zu Ueli und Viertelabnüüni: «Sie hat ihr Schloss auch noch nie gesehen.»

Ich will nicht mehr neben Mutter am Bügelbrett stehen. Ich kann sagen, was ich will, sie glaubt mir sowieso nicht. Das Verhör nimmt kein Ende. Sie will nur hören, was ich mit den Batzen gemacht habe. Wenn ich sage, vielleicht wisse es Dora, meint sie, ich lüge. Wo der Einstieg ist, weiß ich genau. Der Boden ist trocken, nicht glitschig, es sollte gehen. Bless rennt voraus, aber nur bis in die Mitte. Da bleibt er stehen. «Bless, wir haben keine Wahl, da oben wird alles nur noch schlimmer.» Ich überhole ihn, im Gächen bleibe ich lieber nie mehr stehen. Ich höre, wie Bless mir langsam folgt, aber er knurrt hinter mir.

Wir überqueren die Holzbrücke, gehen zusammen runter zur Quelle, die am Fuß der Änzilochwand aus dem Felsen fließt. Ich pflücke schnell einen Strauß von Mutters Lieblingsblumen, man weiß ja nie. So viele Ankebälleli gibt's nur hier unten, und wenn sie mich finden sollten, habe ich wenigstens etwas in der Hand, das Mutter liebt. Ich höre die Steine von der Fluh in die Tiefe fallen, aber Geister sehe ich keine, die sie wieder nach oben stoßen. Das Kreuz und unser Haus scheinen ganz klein hier unten. Ein Hühnervogel kreist über uns, zum Glück pfeift er. Alles geht gut. Ich verstehe nicht, warum uns der Herr Pfarrer sagt, im Änziloch unten sei das Ende der Welt. Bless schüttelt plötzlich sein nasses Fell, macht steife Beine. Er braucht Zeit. Für ihn ist ja alles das erste Mal.

Das Haus der Änzilochjungfrau steht mitten auf einer Waldlichtung. Ich suche eine Lücke, um zwischen den vielen Ameisenhaufen hindurchzugehen, die rundum stehen. Bless bleibt stehen und fletscht die Zähne. Ich gehe auf das Haus zu. Alle Fensterläden sind geschlossen, nur oben rechts stehen sie offen. Das muss das Zimmer sein.

Vor dem Haus sitzt jemand, nickt, als ich an ihm vorbei zum Brunnen in den Schopf reingehe. Das ist sicher eine friedliche Gestalt, wenn sie so klein ist wie er und einen weißen Bart hat. Der Herr Pfarrer sagt, niemand habe so viel Kraft wie die. Sie können sogar das Wetter beeinflussen. Wie das mit dem Donner geht, kann ich nachher fragen. Zuerst will ich ins Zimmer gehen. Ich lege die Ankebälleli über dem Hahn auf ein Sims, schaue nochmals zurück. Die Gestalt vor dem Haus bleibt ruhig sitzen, als ich die Türfalle drücke.

In den Holzbalken knackt es, aber nicht anders als bei uns zu Hause. Ich glaube, hier könnte ich es schaffen. Auf der Treppe habe ich plötzlich Hühnerhaut an Armen und Beinen. Jemand geht neben mir. Ich spüre es ganz genau. Aber ich darf jetzt nicht stehen bleiben, muss vorwärtsmachen, solange es noch Tag ist, denn wenn in der Nacht der Sturm durchs Änziloch zieht und die Bäume ächzen und stöhnen, bringen sie wieder einen neuen Geist.

Unter dem Türspalt scheint Licht durch. Wenn ich hierbleibe, lass ich die Läden auch offen. An der Wand hängt ein Spiegel, darin sehe ich, wie ein fremdes Mädchen hinter mir steht. Ich drehe mich um. Der Spiegel fällt zu Boden. Niemand steht im Zimmer, außer mir. Im Schreck renne ich die Treppe runter, raus, schnell raus. Alles bleibt still. Die Gestalt ist weg, die Ankebälleli liegen verstreut vor dem Brunnen. Das ist kein Ort zum Sterben, lieber lese ich die Blumen zusammen und probiere es oben nochmals. Vielleicht hat das Mädchen von Dora die Batzen in der Zwischenzeit ja zurückgebracht.

Bless hockt schon im Hundehaus und wedelt mit dem Schwanz, als ich heimlich die Ankebälleli aufs Fenstersims zwischen die Geranien lege. Am Abend esse ich auch mit ihnen. Mutter ist gut gestimmt, streicht Honigbrote, eins nach dem andern. Auf dem Tisch stehen die Ankebälleli im schönsten Glas. Sie rätseln, wer das wohl war. Alle auf dem Napf gehen sie durch, sogar den Herrn Pfarrer. Vater kann es nicht gewesen sein, er schläft. Auf mich kommen sie nicht.

9

Ein nigelnagelneues Terrarium steht auf Doras Tisch. Jetzt weiß ich, Mutters Batzen werden nie zurückkommen. Der Terrariumboden bewegt sich wie ein lebender Teppich. Unheimlich sieht das aus, alles Stachelhaare von neuen Raupen für Doras Sammlung. Es sind so viele, ich kann sie kaum zählen. Vater nimmt eine in die Hand, sie windet sich und stüpft ihn in den Finger. Er schüttelt sie ab. Dora regt sich auf: «Pass auf, die waren teuer.» Vater fragt: «Wo hast du das Geld her?» Dora schweift ab, sie hat ja immer eine Antwort parat, aber diesmal kommt sie nicht so schnell. Sogar das Meterband in Mutters Hand hört auf zu schwingen.

An diesem Tag hört Mutter endlich auf mit dem Verhör. Vater fragt mich: «Willst du ihn immer noch sehen, den Sempachersee?» Es ist kein Witz und auch kein Traum. Vater wartet nicht mal meine Antwort ab.

Wir fahren los auf seinem Töff, nur er und ich, vorbei am Kreuz beim Änziloch, vorbei an Vreneli, Ueli und Viertelabnüüni. Ich rufe ihnen zu: «Wir fahren zum Schloss.»

Am Sempachersee kauere ich neben Vater am Ufer. Auf den Wellen schaukelt ein Fischerboot, das ein volles Netz einzieht. Weit hinten am Horizont der Strich, fast wie auf Mutters Bild. Vater macht mit beiden Händen die Faust, hebt sie hoch, wie zwei Kasperlefiguren. Die weißen Haare an seinen Armen stehen ab wie Borsten vom Gnagi. «Welche Hand möchtest du?» Ich habe Glück mit der Wahl. Ein Fünfliber liegt drin, den schenkt er mir.

Vater fragt: «Willst du immer noch sehen, was hinter dem Strich kommt?» Ich will natürlich. Wir fahren dem Ufer entlang auf einen Hügel, mit Sicht auf den Sempachersee. Ein Schloss taucht auf. Genau so habe ich mir das vorgestellt. Jetzt kommt die Pappelallee. Ich lege mich schon in die Kurve, aber Vater biegt nicht ab. Er fährt daran vorbei. Das Schloss verschwindet wieder.

Vater hält vor einem alten Haus. Die Schindeln blättern von den Wänden, vom Regen verwaschen und leicht grau. Ein Mann steht in der Tür. Er ist dünn und blass, hat blondes Haar wie ich. Im Gesicht sieht er meinem Vater ähnlich, aber er ist viel älter. «Das muss eine Beer sein», sagt er zu mir. Ich gebe ihm die Hand und grüße ihn: «Das muss der Onkel sein.» Vater schweigt. Er geht rund um die mächtigen Dreschmaschinen. «Früher waren es Pferdekutschen.» Der Onkel lacht und schaut an mir runter bis auf die Waden. «Ich habe etwas gemacht aus dem Hof. Nicht einfach abgehauen, so wie du.» Mein Vater sagt: «Ich bin hier wegen dem Papier, das ich dir unterschrieben habe.» Der Onkel lacht ein komisches Lachen. «Da hättest du früher kommen sollen, das ist längst verjährt.» Er weicht meinem Vater aus, der jetzt näher kommt und reden will. Der Onkel fragt mich: «Willst du meine Schweine sehen?» Ich gehe mit, meinem Vater zuliebe, der hier geboren ist. Freiwillig würde ich nie allein mit so einem in eine Scheune gehen. Die Hand gebe ich ihm nicht, obwohl er probiert, sie zu nehmen. Ich halte sie auf meinem Rücken, er könnte ein Kinderschänder sein. Seit Mutter mich warnt, passe ich auf.

Säuliaugen, nichts als Säuliaugen, die ängstlich zu mir hochschauen, eng gepfercht, wie die Raupen in Doras Terrarium. So unglückliche Säulein habe ich noch nie gesehen. Ich halte den Atem an. «Es stinkt, Onkel.» Jetzt lacht er wieder. «Ein richtiges Protestantenmädchen bist du.»

Ich finde Vater hinter dem Saustall wieder. Er steht mitten auf dem Feld vor einem Pflock mit Schild. Ich renne unter den Bäumen durch, die voll behangen mit blauen Zwetschgen sind, bleibe einen Moment stehen, so eine Zwetschge würde mir gefallen. Aber ich nehme die Hände lieber erst wieder vom Rücken, als ich neben

Vater stehe und mit ihm lese, was oben auf dem Schild steht: «Wohnungen mit Sicht auf den Sempachersee.»

Vater will mir zeigen, wo er als Kind aufgewachsen ist und führt mich ins Haus. Unter der Eingangstür bleiben wir einen Moment beide stehen. In der Küche sitzen eine Frau und drei Kinder. Das müssen meine Tante und meine Cousins sein. Vater zieht mich hinter den Küchentisch, setzt sich auf die Eckbank, legt den Arm um mich. Der Onkel nimmt die Schnapsflasche aus dem Schrank. Auf der Etikette sehe ich das Bild einer Zwetschge. Er füllt zwei Mostgläser. «Prost.» Vater schiebt sein Glas zur Seite. «Du machst also Bauland aus dem Ackerland.» Der Onkel sagt zu den Kindern: «Das ist eure Cousine Lilly vom Napf.» Ich frage ihn: «Wie ist Großvater gestorben?» Der Onkel wird rot im Gesicht und schaut seine Kinder an. Sie reden wie aus der Kanone geschossen: «Er hatte es mit dem Magen.» Vater sagt: «Wir müssen die Papiere neu regeln.» Der Onkel lacht: «Du hast ja unterschrieben.» Mein Vater sagt: «Ja für Ackerland, nicht für teures Bauland.» Der Onkel steht auf wie eine Rakete, die Cousins erstarren, ich zähle: «Eins, zwei, drei, vier, fünf, sechs, sieben, acht, neun, zehn, elf, zwölf, dreizehn.» Nichts geschieht. Bei dreizehn nimmt Vater mich am Arm und zieht mich mit. Noch lange höre ich das wüste Lachen des Onkels, den ganzen Sempachersee entlang, bis hoch zum Kreuz, das schon wieder leuchtet und uns an das Böse mahnt.

Mutter heizt den Ofen ein, als wir vom Sempachersee nach Hause kommen. Sie sagt: «Lilly, du stinkst.» Ich steige ins Bad. Niemand vor mir, niemand nach mir. Zum ersten Mal dampft das Wasser nur für mich. Vater schrubbt meinen Rücken, er sagt: «Fertig Heimarbeit.» Aber Mutter sagt noch immer, von «denen» wolle sie keinen Rappen. Ich frage: «Warum stinkt das Säuli bei den Protestanten nicht?» Ich weiß nicht, ob ich mir das einbilde, aber mich dünkt, Mutter kriegt ein bisschen die Fröhlichkeit. Die hat sie noch beim Nachtgebet. Diesmal betet sie nicht mit mir zum schwarzen Herz. Alles ist wie früher. Sie nimmt die Änzilochjungfrau von der Wand. Es tönt so schön, wenn sie erzählt. Ganz kurz nicke ich ein. «Jemand von denen ist schuld an Großvaters Ermordung.» Ich erwache an meiner Stimme. Mutter schaut mich mit Gufenaugen an. «Was sagst du da? Mord? Dass du mir nie mit Vreneli über solche Sachen redest.» Zum Glück lässt sie das Licht brennen. Im Hellen kann ich besser einschlafen.

10

Ich glaube, mein Vater will Mutter beweisen, dass er sich doch durchsetzen kann. Er schreibt heimlich einen Brief, an die Gemeinde Sempach adressiert. Ich darf das Couvert auf die Post bringen. Es ist unser Geheimnis. Ich bin sicher, jetzt klagt Vater den Onkel an. Vielleicht ist das, was er beim Onkel unterschrieben hat, noch nicht verjährt. Oder es geht um Großvaters Tod. Mutter muss doch einen Grund haben, wenn sie von «denen» keinen Rappen will.

Dass ich beichten muss, weiß ich schon lange. Dora muss auch. Jeden Monat einmal. Ich beobachte heimlich, wie sie es tut: Sie umkreist die Kirche, ohne hineinzugehen, dann geht sie direkt zum Bäcker und mit Brötchen und Schoggibranchli wieder den Napf hoch. Das mache ich später auch. Aber einmal muss ich beichten, ich will endlich mein schwarzes Herz loswerden.

Am Tag der ersten heiligen Kommunion müssen alle ein Gschpänli haben, sagt uns der Herr Pfarrer. Wir üben im Kirchengang, Hand in Hand, zu zweit. In einer Reihe nähern wir uns dem Altar, wo wir in die Knie gehen. Da werden wir zum ersten Mal Leib und Blut von Christus essen und trinken. Wenn das nur runtergeht bei mir. Vreneli nimmt meine Hand. Sie zögert zwar, mein Gschpänli zu sein. Das hat sicher mit meiner Anstältlerfrisur zu tun. Mutter hat den Schemel wieder in die Badewanne gestellt. Ich wollte doch darüber mit der Linde reden. Jetzt ist es zu spät.

Am Sonntagnachmittag wünschen wir nicht mehr. Wir treffen uns jetzt unter der Linde und üben das Beichten. Für Vreneli gibt es nur noch eines, die Zehn Gebote. Ich kann sie zwar längst auswendig, aber solange ich nicht weiß, in welchem Gebot ich mein schwarzes Herz beichten kann, nützt mir das nichts. Ich schaue zum Horizont, mit Mutters Bibel in der Hand. Der Strich ist nicht immer gleich. Manchmal ist er scharf wie eine Messerkante, dann verschwimmt er wieder im Dunst. Meist kann ich ihn gar nicht sehen, wegen der Wolken.

Vreneli schwebt plötzlich weg von mir, ihre Zöpfe fliegen Richtung Horizont, dann holt mich ihre Stimme wieder zurück. «Komm, wir sagen sie miteinander auf, ich fange an, dann du.» Ich will nicht. Mein schwarzes Herz macht mir zu schaffen. Diese Sünde muss doch irgendwo reinpassen. Sicher nicht ins erste Gebot, ich glaube ja an Gott, das ist es nicht. Ich bete jeden Abend, das kann meine Mutter bezeugen. Ich singe freiwillig für die Toten, spendiere Batzen ins Negerkässeli. Wenn ich nur wüsste, wie ich mein schwarzes Herz beichten könnte. Ich kann alle Zehn Gebote immer wieder lesen, so oft ich will, mich dünkt, diese Sünde passt nirgends rein. Ich weiß nicht, wie ich das sagen soll im dunklen Ghütt. «Sechstens, du sollst nicht Unkeusches treiben, ich habe ein schwarzes Herz, Herr Pfarrer.» Jetzt starren Vreneli, Ueli und Viertelabnüüni mich an. Hoffentlich habe ich nicht wieder laut gedacht.

Es kommt schließlich alles miteinander: der Sempacherbrief, Mizlis Tod, das weiße Kleid anziehen. Jeden Mittag, wenn Vater vom Nebenverdienst kommt und mir seine schweren Metzgerschuhe mit den Gummisohlen zum Putzen gibt, schaut er mich an. Ich schüttle den Kopf. Das heißt: Nein, es ist noch nichts gekommen. Keine Antwort von Sempach. Ich wüsste das, weil ich immer als Erste zum Briefkasten gehe, seit Vater sein Geheimnis mit mir teilt.

Mutter macht mir das weiße Kleid für die heilige Kommunion enger. Dora hat es vor mir schon getragen. Mit den Stoffresten, die Mutter aus den Nähten schneidet, macht sie mir ein Spitzentäschchen. Vaters Fünfliber nehme ich aus der Spule und lege ihn da hinein.

Bevor ich mich schneeweiß kleiden kann, kommt das Beichten im dunklen Ghütt. Die Lösung für das schwarze Herz habe ich immer noch nicht. Ich verlasse mich auf die heilige Maria. Wenn ich in der Kirche sitze und zu ihr hochschaue, wird sie mir helfen, da bin ich mir sicher. Sie hat mir schon oft geholfen, auch wenn ich den Schluckauf nicht mehr abstellen konnte.

Ich sitze als Letzte in der Reihe der Kirchenbank, mit allen, die zum ersten Mal beichten müssen. Die Letzte bin ich zwar sonst nicht gern, aber diesmal hat es einen Vorteil. Es gibt mir Zeit, damit ich es schaffe. Wenn ich da nicht reingehe und nie beichte, werde ich immer ein schwarzes Herz haben und kann das weiße Kleid nie anziehen. Vreneli konzentriert sich, dass sie ja kein Gebot vergisst. Das sehe ich ganz genau, sie zählt sie an ihren Fingern. Die Tür geht auf. Ein Kind kommt raus, ein neues geht rein. Wir rutschen nach, alle miteinander, immer näher zum dunklen Ghütt. Wer aus dem Beichtstuhl kommt, kniet in die vorderste Bank, macht die Bußgebete, die der Herr Pfarrer einem aufgibt. Und wieder ein Rutsch. Vreneli zählt nochmals, kontrolliert die Gebote an allen Fingern. «Zehn müssen es sein», mahnt sie mich. Mir wird heiß. Ein letzter Rutsch. Vreneli geht rein in das dunkle Ghütt. Ich zähle. Bei zehn kommt sie raus. Ich habe es doch gewusst. Sie hat einfach die Zehn Gebote aufgezählt. Die Beichttür steht offen. Hinter mir kommt niemand mehr, die ganze Bank nach mir ist leer. Kein Kind wird es merken. Nicht mal Vreneli. Sie kniet schon vorn bei den anderen in der Büßerbank und kann mich unmöglich sehen. Ich schaue zum dunklen Ghütt. Da drin, hinter dem Vorhang, erkennt der Herr Pfarrer mich sicher auch nicht. Ich haue ab.

Ich renne die Kirchenstufen runter, vorbei am Loch zur Totenkapelle. Besser nicht da rein, schnell die Hauptstraße überqueren. Von weitem höre ich das Hochwasser der Emme rauschen. Im Fußgängertunnel, wo ich mich verstecke, donnert ein Zug über mich hinweg. Das tönt unheimlich in meinen Ohren. Als ich mich umdrehe, sehe ich auf der Kirchentreppe Vreneli stehen. Lieber schnell weg von hier.

Am Emmenufer erkenne ich den großen runden Stein wieder, wo Ueli mit der Badekappe draufgestanden hat. Dahinter verstecke ich mich. Vielleicht fühlte sich Ueli damals auch so verloren wie ich heute. Ich wünsche, ich könnte mit dem Wasser flussabwärts ziehen. Wäre es nicht so eine braune Brühe, ich würde springen, oben von Uelis Stein. Immer nach einem Gewitter fließt die Emme fast über die Ufer. Ganze Baumstämme zieht sie mit. Sogar eine Sau entdecke ich in den wilden Wassermassen. Das arme Tier hat auch kein Glück gehabt. Wenn ich daran denke, wie sie mich wegen Vreneli sicher finden und ich nach Hause muss, kommt bei mir wieder das große Angstgefühl. Ich könnte zum Grosi gehen. Vater würde es verstehen. Er geht auch nie zur Beichte. Aber er hat kein schwarzes Herz. Ich muss das selber lösen. Ich habe keine Wahl. Nächsten Sonntag ist es so weit. Nur einmal kann ich das schneeweiße Kleid tragen, das mir so gefällt.

Schon wieder fährt ein Zug vorbei, diesmal in die Gegenrichtung. Es fahren noch einige Züge vorbei, bis ich Vrenelis hohe Stimme im Tunnel höre. Mutter taucht auf, dann das lange dunkle Pfarrergewand. Sie bleiben vor mir stehen und reden. Mutter sagt: «Das Kind bockt, ich kann machen, was ich will.» Der Herr Pfarrer sagt: «Beichten muss jedes Kind, sonst gibt es keine heilige Kommunion.»

Wenn ich nur reden und fragen könnte, wie das geht mit meiner Sünde, in welches Gebot sie gehört, dann würde ich es schaffen. Aber als ich aufschaue, ist der lange schwarze Mantel schon am Davonschweben ins dunkle Tunnel. Vor mir stehen Vreneli und meine Mutter. Vreneli sagt: «Sie kann die Zehn Gebote noch nicht auswendig, Frau Beer, sie ist immer am Dösen.»

Ich brauche Vrenelis Hilfe. Sie ist schließlich mein Gschpänli und findet das eine gute Idee mit dem heiligen Wasser. Noch vor dem Mittagstisch in der Schule kommt sie schnell mit, folgt mir in die Kirche. Ich zeige ihr, wie es der Herr Pfarrer tat bei meiner Mutter. Diesmal bin ich richtig froh und dankbar, dass Vreneli mir hilft. Sie darf mich am Arm halten, als ich auf das Becken klettere und mit dem Kopf ins Wasser eintauche. Ich zähle bis dreizehn, schnappe nach Luft und tauche nochmals unter. Diesmal gehe ich tiefer, will sicher sein, dass es alles nimmt. Alles Schwarze muss weg. Das mit meinem Herz sage ich Vreneli natürlich nicht.

Nur, was der Herr Pfarrer mit meiner Mutter tat, wie er sie von der Erbsünde reinigte, die alle haben, von Anfang an, ob Katholik oder Protestant. Das sage ich ihr. Sie glaubt mir ja immer. Vreneli hilft nach mit ihrer Hand und spült die Stellen nass, die noch trocken bleiben, bis zu meinem Bauch. Nur einmal stellt sie eine Frage, als ich kurz aus dem Wasser auftauche: «Bist du sicher? So einfach geht das? Ist das alles?» Ich weiß es doch, ganz genau. So war es und nicht anders. «Von bloßen Händen wusch der Herr Pfarrer meiner Mutter die Sünde ab.» Vreneli hilft mir wieder auf den Boden runter und sagt: «Du musst nicht immer recht haben wollen.» Da kommt es mir in den Sinn. «Vreneli, du hast recht. Da war noch was. Meine Mutter verschwand mit dem nassen Kopf hinter dem Herr Pfarrer ins dunkle Ghütt.» Vreneli will wieder mal alles besser wissen und sagt: «Du musst auch beichten gehen.»

Zum Glück hat die Abwartin eingeheizt. Es tropft mir aus den Kleidern, als ich mich pflotschnass mit meiner Suppe an den warmen Ofen setze. Ueli starrt mich an. Wenn ich nur mit jemandem reden könnte. Aber heute ist kein guter Tag. Rauch drückt durchs Ofenrohr, die Großen rennen einer Maus hinterher, die Abwartin hat gar keine Freude.

Im Bett denke ich nur noch ans Beichten. Vielleicht hat Vreneli ja alles erwischt in der Kirche, und ich muss gar nicht in dieses Ghütt. Wenn ich nur einschlafen könnte.

Im Bett bin ich immer hellwach. Die Zehn Gebote kann ich längst vor- und rückwärts. Aber ich kann nicht aufhören mit Zählen, es zählt einfach in mir. Mit den Fingern drücke ich die Melodie auf den Bauch. Die wird meiner Mutter sicher gefallen. Ich schaue runter auf mein Akkordeon. Die Perlmuttknöpfe, der Tisch, alles leuchtet. Ein feuerroter Schein erhellt unser Zimmer. Hoffentlich hat Viertelabnüünis Vater keinen Schnaps getrunken, jetzt, wo alles so gut begonnen hat. Aber dieses Licht am Himmel kommt von weiter weg, nicht vom Köhlerplatz.

«Das Schulhaus brennt!», rufen Stimmen aus allen Richtungen. Jemand klopft an unsere Tür. Sirenen heulen in hohen Tönen. Bless jault in seinem Hundehaus. Vater stürzt sich in die Feuerwehruniform, zur Nachtschicht kann er nicht. Ich schließe mich den andern an, die ins Dorf hinunterrennen.

Das ganze Schulhausdach steht in Flammen, Fenster klirren, die Abwartswohnung, unser Schulzimmer, alles brennt bis ins Büro der Gemeindekanzlei. Die Väter und Mütter stehen Schlange, tragen Kisten heraus, retten die wichtigen Papiere. Das Feuer frisst die Wandtafel, den Schnapsschrank mit der OMO-Schachtel und jetzt mein Pult. Zum Glück habe ich mein Schreibheft hier gelassen. Endlich kann ich ein neues beginnen. Der Biswind trägt das Feuer rüber zur Totenkapelle. Feuerwehrautos aus dem Tal kommen uns zu Hilfe. Immer mehr Wasser spritzt aus den Schläuchen, alle rennen, versuchen die Kirche zu retten. Ein Funkenregen geht auf das Dorf nieder. Vreneli behauptet, sie hätte gestern schon Rauch im Schulhausdach gesehen, als sie ihr Brot in der Bäckerei holte. Ueli und Viertelabnüüni streiten, es sei wegen den Mäusen und dem alten Ofenrohr. Der Herr Pfarrer schickt uns Kinder weg, hier sei es gefährlich. Mir ruft er noch hinterher: «Wir sehen uns zur Beichte wieder.»

11

Im Briefkasten liegt ein Brief. Er ist von Sempach, an Vater adressiert. Ich bin so aufgeregt. Diesen Brief lege ich nicht wie andere wichtige Dinge aufs Schuhchäschtli neben das Negerkässeli. Ich verstecke ihn lieber unter meinem Stoffrestentisch. Ich muss ihn vorher selber lesen, man weiß nie, ob der Onkel dahintersteckt und meinem Vater wieder Unglück bringt.

Ich komme nicht darum herum, ich muss auch ins dunkle Ghütt. Vreneli hilft mir, ich müsse einfach alle Zehn Gebote der Reihe nach sagen und mit «ich habe gemacht» beginnen. Diesmal sitze ich mit vielen Erwachsenen in der langen Bank. Alle flüstern vom Feuer und was alles passiert wäre, wenn die vom Tal uns nicht geholfen hätten. Es riecht wie nach Räucherwurst. Neben mir sitzt Mutter. Ich rutsche nach, Platz um Platz, komme immer näher zum dunklen Ghütt, bete wie verrückt und schaue nochmals hoch zur heiligen Maria. Da trifft es mich wie ein Geistesblitz. Jetzt weiß ich plötzlich, wie ich beichten muss.

Ich gehe rein ins dunkle Ghütt. Der Herr Pfarrer hat auf mich gewartet und macht mir dreimal das Kreuz über Stirn, Kinn und Herz. «Der Herr sei mit dir.» Dabei berührt er das Gitter, das zwischen ihm und mir ist. Ich kann kaum warten, bis er fertig ist, und beichte los: «Herr Pfarrer, nie mehr wollte ich niemandem mehr sagen, dass ich Hunger habe, dafür bete ich schon seit Wochen. Dann ist es doch passiert.» – «Was hast du gemacht?», flüstert der Herr Pfarrer und kommt mit dem Ohr nah ans Gitter. «Ich habe das siebte Gebot gemacht, Herr Pfarrer.» Er versteht sofort, was ich meine. «Du hast also doch gestohlen.» Ich nicke. Jetzt spüre ich seinen Atem näher kommen. «Mutters Batzen? Du warst es also doch?» Ich sage: «Nur einen, Herr Pfarrer.» Es ist so unheimlich hier drin. Wenn es nur schon fertig wäre. Ich muss einfach alle Gebote aufzählen, dann lässt mich der Herr Pfarrer sicher gehen. «Erstens, ich machte es, weil zwischen dem Markenbüchlein und der Röstiraffel sonst nie ein Batzen liegt. Zweitens, ich habe die Gnagi in Vaters Schuh gestopft. Drittens, ich zähle immer noch auf dreizehn. Viertens, ich glaube nicht daran, dass mir alle Säulein Glück bringen. Fünftens, in meiner Familie gibt es einen Mörder.» Da unterbricht mich der Herr Pfarrer: «Lilly, versündige dich nicht.»

Der Herr Pfarrer senkt den Kopf über seinen langen schwarzen Mantel und flüstert vermutlich direkt mit dem Herrgott. Der weiß ja, dass ich nicht lüge. Dann bekreuzigt er mich mehrmals im Namen des Vaters und des Sohnes und lässt mich gehen mit acht «Vater unser» und fünf «Gegrüßt seist du, Maria».

Ich habe es geschafft, renne nach Hause, den Napf hoch, Mutter voraus, die nach mir ins dunkle Ghütt geht. Ich muss endlich den Brief von Sempach lesen, bevor ich ihn Vater gebe. Man weiß nie, ob der Onkel schon herausgefunden hat, dass Vater jetzt reden will.

Am Abend essen wir alle zusammen am Küchentisch. Ich, Vater, Mutter, Dora und Res, der am Wochenende immer nach Hause kommt. Mutter streicht Honigbrote. Ich kriege nicht genug. Dora steigt in den Keller, weil das Honigglas zur Neige geht. Sie kommt mit meinem Glas zurück und stellt es auf den Küchentisch.

An diesem Abend betet Mutter wieder zu meinem schwarzen Herz, damit es nicht noch schwärzer wird. Die Tür lässt sie einen Spalt offen. Das Licht vom Gang scheint an das weiße Kleid, das frisch gebügelt an der Wand neben der Änzilochjungfrau hängt.

Ich verkrieche mich unter die Decke, drücke die Hände auf die Ohren. Ich will sie nicht mehr hören, diese Töne. Ich ziehe meine Füße hoch, bis zum Bauch, winde mich nach allen Seiten. Die Zehen sind eiskalt, steif wie Stecken. Morgen ist der große Tag. Das weiße Kleid ist so schön. Ich drücke an den Füßen rum, reibe sie warm, drehe mich unruhig hin und her, bis Dora klopft unter mir. Der Brief von Sempach macht mir auch zu schaffen. Sie schreiben, wenn ein Bauer aus seinem Ackerland Bauland mache, gebe das eine neue Erbsituation für seine Geschwister. Mein Vater muss jetzt mit dem Onkel reden. Das muss ich unbedingt der Linde sagen. Aber das wird schwierig, solange meine Mutter von «denen» nichts will.

Ich muss noch meine Bußgebete tun, die mir der Herr Pfarrer aufgegeben hat. Acht «Vater unser» und fünf «Gegrüßt seist du, Maria». Dreizehn total. Dabei hat er doch selber gesagt, dass man sich in acht nehmen soll vor dieser Zahl. Ich will nur eins: Morgen will ich das weiße Kleid anziehen. Hand in Hand mit Vreneli im Kirchengang nach vorn gehen. Wenn ich nur nicht so eiskalte Füße hätte. Das Bettgestell kommt ins Wackeln. Luft weht mir in den Nacken. Das muss vom Türspalt sein. Nur nicht die Leiter runtergehen. Nicht diese Nacht. Ich schreie: «Ich will das weiße Kleid anziehen!» Vater steht im Zimmer und schaut unter meine Decke. Er lacht, es sei noch nicht an der Zeit, das weiße Kleid anzuziehen. Zum Glück nimmt er mich mit ins Elternschlafzimmer. Am Morgen legt Mutter mir ein Ketteli mit einem goldenen Kreuz um den Hals. Endlich ist es so weit.

Mehr als eine Stunde dauert die Zeremonie in der Kirche, bis wir endlich alle zu zweit, Hand in Hand, im Kirchengang stehen. Es knurrt in meinem Bauch, auch in dem von Vreneli. Den Leib Christi darf man nur mit leerem Magen essen, hat uns der Herr Pfarrer gesagt. Wir sitzen, wir stehen, wir knien, und das alles wieder von vorn. Ich will nicht, dass jetzt mein Kopf schwer wird und alle, die hinter mir stehen, sehen, was mir manchmal passiert. Ich halte das Kreuz von Mutter fest, bete zur heiligen Maria, damit sie mir hilft. Sie schaut auf mich runter und sagt: «Du hast gar kein schwarzes Herz.» Vreneli nimmt meinen Arm und drückt ihn: «Wie kommst du auf diese Idee?» So dumm von mir. Ich habe wieder geredet.

Als der Herr Pfarrer das Wasser in Wein verwandelt und die weiße Hostie in die Luft hochhebt, schlägt die Glocke zehn. Er schaut erschrocken zu uns herab, bis der zehnte Schlag vorbei ist. Ich bin sicher, er hat sie auch gezählt. In den Holzbänken knackt es, ein Flüstern geht durch die Reihen, von vorne bis nach hinten und hinauf zur Orgel, wo der Kirchenchor auf den Einsatz vom Dirigenten wartet. Vreneli drückt wieder meinen Arm. «Hast du das auch gehört? Zehnmal, mitten in der Verwandlung! Das bedeutet, jemand stirbt.»

Aufstehen. An der Hand von Vreneli gehe ich durch den Kirchengang bis zum Altar. Auf die Knie. Ich halte dem Herrn Pfarrer die Zunge hin. Er legt die heilige Hostie darauf und sagt: «Der Leib und das Blut Christi.»

Vor Aufregung, was da alles in mich kommt, würgt es in meinem Hals. Die Hostie bleibt am Gaumen kleben. Ich muss sie mit dem Fingernagel runterklauben. Doch die anderen tun es auch.

Nach der Messe stehen wir in unseren Weißsonntagskleidern zum Fotografieren vor der neuen Schulbaracke, die uns ein Dorf vom Tal spendierte. Alle reden von der Ankündigung, schauen sich heimlich um, wen es treffen könnte. Mein Bruder Res starrt die Schwester von Ueli an, die an der Seite ihres Vaters mit einem Baby im Arm aus der Kirche kommt.

Das Rösslispiel beginnt zu drehen, Musik ertönt, ich strecke dem Mann an der Kasse meinen Fünfliber aus dem Spitzentäschchen hin. Sein Goldzahn blitzt auf. Vreneli, ich, Ueli und Viertelabnüüni können selber wählen, wo wir aufsteigen wollen. Ich möchte zuvorderst sein. Aber es gibt immer noch ein Rössli vor mir. Vreneli steigt natürlich neben mir auf und ruft ihrem Mueti. Ueli winkt mir aus einer Kutsche mit Engeln und Wolken. Ich glaube, er schwebt direkt in den Himmel. So glücklich lachen habe ich ihn noch nie gesehen. Viertelabnüüni wählt lange zwischen zwei Wagen. Er war sicher auch noch nie auf einem Rösslispiel. Chilbimusik gefällt mir, ich summe mit, aber nur, bis es losgeht. Ich halte mich fest am Pferd, wie mir Fräulein Sidler mit Handzeichen zu verstehen gibt. Die ganze Welt dreht sich vor meinen Augen. Hoffentlich nicht zu lange. Mir wird komisch im Bauch. Vreneli jauchzt.

Kaum ist die Melodie fertig, beginnt sie wieder von vorn. Mich dünkt, das dauert eine Ewigkeit. In der Mitte lacht der Goldzahn mit meinem Fünfliber in der Hand. Hätte ich doch einen kleineren Batzen aus der Spule genommen.

Auf dem Weg zum Napf muss ich mich unterhaken bei Vreneli. So schwindlig ist mir vom Karussell. Ob mit offenen oder geschlossenen Augen, alles dreht sich rund um mich. Der Napf. Der Wald. Der Köhlerrauch. Am schlimmsten ist das Kreuz. Es fliegt auf mich zu, haut mich beinahe um mit seinen Armen. Wären Ueli und Viertelabnüüni nicht hinter Vreneli und mir gegangen, wir wären ins Änziloch gestürzt. Es hätte uns verschlungen, das schreckliche Änziloch.

Auf der Türschwelle rieche ich Großvaters Zopf. Endlich etwas essen. Sie sitzen alle schon am festlich gerichteten Tisch. Ich habe ihn selber gedeckt, mit meinem Lieblingsbesteck aus Silber, den Kristallgläsern mit Sternen und den handbemalten Blumentellern aus Mutters Kommode. An meinem Platz liegt ein Geschenk, eingewickelt in Weihnachtspapier, rundherum eine blaue Masche. Großvater sagt: «Wir hatten kein weißes Papier.» Er und Grosi gratulieren mir zu meinem Tag. Ich habe so Hunger und bete schnell sein Gebet. Ob die Reihenfolge stimmt, ist mir jetzt wurst. «Red, was klar ist. Lieb, was wahr ist. Iss, was gar ist. Trink, was rar ist. En Guete.» Es gibt Orangina vom

Keller. Das lasse ich stehen, es zischt sowieso nicht mehr, lieber löse ich die Masche am Weihnachtspapier. Darin liegt ein schneeweißes Katzenfell. Großvater sagt: «Mizli musste sterben. Es hatte keinen Spürsinn mehr. Kopf voran ist es mir in die Sense gelaufen.»

Mir ist nicht mehr nach Melodien. Und doch, nach dem Essen, muss ich auf dem Akkordeon spielen. Grosi und Großvater möchten endlich etwas hören. Aber sie können nicht verstehen, warum ich ohne Töne spiele. Grosi sagt meiner Mutter, ich sei ein Talent, sie solle schauen, dass ich meinen Daumen von der Lufttaste nehme. Sie schenkt mir einen Batzen und wünscht, dass ich weitermache mit meiner Musik.

12

Ich muss zur Linde, damit mein Vater es schafft, mit seinem Bruder zu reden. Den Sempacherbrief stopfe ich ins Spitzentäschchen. Das Couvert brauche ich nicht, ich lasse es auf meinem Tisch liegen und renne rüber zu Uelis Scheune. Ein Blitz, ein Donner, das Licht geht aus. Ueli steht im Dunkeln. Warum drückt er denn so fest die schwarze Katze an sein Weißsonntagskleid? Im Haus weint ein Baby. Ich schüttle Ueli. «Hörst du mich?» Als er nichts sagen will, reiße ich ihm die schwarze Katze aus den Händen und schreie: «Komm mit zur Linde!» Aber Ueli rennt lieber seiner Katze hinterher.

Es windet mich fast über den Haufen, als ich oben bei der Linde ankomme. Vreneli und Viertelabnüüni warten schon auf mich. Ich halte es nicht aus und sage: «Ich muss mit der Linde reden, schnell. Wenn Mutter das liest, wird es immer schlimmer bei uns zu Hause. Sie will von denen keinen Rappen.» Aber Vreneli sagt: «Wir warten auf Ueli.» Als er nicht kommt, zeige ich ihnen den Sempacherbrief. Ich tu so, als ob Großvater ihn geschrieben hätte, und sage: «Das ist das Testament von meinem Großvater, der gestorben ist. Er war sehr reich, weil er jedes Jahr ein neues Stück Land kaufte.» Die lange Zahl mit den vielen Nullen sieht Vreneli sofort und liest laut: «Dreizehn Millionen Franken.» Ich sage: «Das gibt einiges mehr als zehn Schoggibranchli.» Sie redet mir wieder ins Wort und hat sogar recht mit dem, was sie sagt: «Du musst den Brief verbrennen.»

Aber wir haben Pech. Vrenelis und Viertelabnüünis Vater machen alle Löcher zu, weil der Sturm so schrecklich tut, und weil ein Meiler ja nie brennen darf, nur glühen. Wir stehen mit unsern Weißsonntagskleidern vor ihnen und schauen, wie sie die Löcher verschließen. Der Wind reißt mir fast den Brief aus den Händen, bis die Väter endlich in der Hütte sind. Es ist immer dasselbe mit ihnen, sie legen sich hin, schon schnarchen sie. Diesmal kommt es uns gelegen. Viertelabnüüni steht Wache. Vreneli drückt ein Loch in den Meiler, und ich schiebe den Brief in die Glut. Er zieht sich zusammen wie ein Wurm. Mit eigenen Augen sehe ich, wie die Zahl Dreizehn verglüht. «Siehst du das?» Vreneli will nicht schauen, sie will das Loch zumachen, möglichst schnell. Ich stelle mich dazwischen. Es tönt so schön. «Hörst du das nicht?» Vreneli will auch nicht hören, sie schiebt mich weg. Aber ich will nicht weg und reiße ihr den Stecken aus den Händen. Ein Funken Glut tanzt durchs Loch heraus. Eine erste Flamme. Vreneli reißt an meinem Stecken. Ich lasse nicht los, drücke ein Loch nach dem andern in den schwarzen Meiler.

Hätte ich doch gesehen, wie Viertelabnüüni uns drüben bei der Hütte wie wild Zeichen gibt, weil das Schnarchen der Väter hinter der Wand aufhört. Ich kann nicht verstehen, dass Vreneli jetzt sogar mit den Fäusten auf mich einschlägt. Das hat sie noch nie gemacht. Nur wegen ein paar Löchern. Ich schlage zurück. Sie fällt um. Ihr Zopf fängt Feuer.

Plötzlich ein Schuss. Dann noch einer. So nah habe ich noch nie Schüsse gehört. Außer beim Grosi, wenn Vater eine Sau erschießt. Sie kommen von drüben, aus Uelis Scheune. Besser, ich gehe weg von hier. Die Väter rennen mit dem Wasserschlauch heran und spritzen uns ab, von oben bis unten. Ich glaube, um Vrenelis Zöpfe ist es geschehen.

Ich renne durch die Tannen, Richtung Uelis Scheune. Mein nasses Kleid verfängt sich in den Sträuchern, hängt schwer an meinen Beinen. Es ist jetzt fast Nacht geworden, wegen der schwarzen Wolken. Ganze Tannen fallen um, samt Wurzeln, so zünftig wütet das Gewitter auf dem Napf. Es donnert und blitzt quer durcheinander. Ich glaube, die Welt geht unter. Viertelabnüüni kommt auch angerannt. Der soll ja nicht vor mir bei der Scheune sein. Ich will als Erste sehen, ob das stimmt mit der Ankündigung, als die Glocke heute Morgen zehnmal mitten in die Verwandlung schlug.

So etwas habe ich noch nie gesehen. Sogar die Katze ist tot. Nur Sissys Glöcklein bimbelt irgendwo.

Später kommen alle. Die Polizei fährt mit Sirene herbei. Ueli, seine Schwester mit dem Baby und der Vater liegen in der Scheune. Der Herr Pfarrer drückt ihnen die Augen zu. Er tröstet uns: «Ueli ist jetzt wieder zusammen mit seiner Mutter.» Viertelabnüüni und ich sagen dem Herrn Pfarrer die Wahrheit: «Das hat sich Ueli schon immer gewünscht.» Ueli sieht nicht gerade schön aus, mit so viel Blut rundum. Immerhin weiß ich jetzt, dass das mit dem Wünschen auch bei Ueli funktionierte. Vrenelis Mueti zieht die Schürze ab, als sie in die Scheune kommt und all die Toten sieht. Weil wir wissen, was jetzt kommt, flüstern Viertelabnüüni und ich: «Das gibt es ja nicht.» Der Sturm lüpft die Tücher, die über den Toten liegen, in die Luft. Ich berühre Uelis Zehen. Sie sind warm und weich, überhaupt nicht kalt, auch nicht steif. Ich drehe und biege sie, es geht ganz leicht.

Eine Hand legt sich von hinten auf meine Schulter. Vater starrt an mir herab. Mein russiges Kleid scheint ihm nicht zu gefallen. Ohne zu reden, greift er in mein Spitzentäschchen. Da drin findet er nur Grosis Batzen. Jetzt redet er, deutlich und laut: «Lilly, ich mag nicht, wenn du lügst.» Ich kann nicht verstehen, wie er das erfahren hat mit dem Sempacherbrief. Ich sage: «Ich habe Zeugen. Es gibt keinen Brief mehr.» Viertelabnüüni nickt. Ich will jetzt nicht weiterreden, nach all dem, was geschehen ist. Schließlich muss Ueli in die Totenkapelle. Aber etwas weiß ich ganz genau, und das will ich meinem Vater sagen: «Du hast auch gelogen. Er ist weich und warm, der Tod.»

Mein Tisch ist verhudelt, ein Riesenchaos am Boden, als wäre mein Tisch keine Sammlung, der man Sorge trägt. Die Spulen liegen im Zimmer verstreut, und das Akkordeon ist verschwunden. Der Türspalt zum Elternschlafzimmer ist zu. Es ist still im Haus, kein Ton, nur das Ticken der Pendeluhr. Auf dem Stubentisch steht das Blumengeschirr, abgewaschen neben dem Silberbesteck und den Gläsern mit den Sternen. Mittendrin liegt das leere Briefcouvert von Sempach, an meinen Vater adressiert. Jetzt verstehe ich seine Wut.

Hätte ich doch ein Zimmer für mich. Ich rüttle an Doras Tisch, an ihren Schildern der Insektensammlung, an allem rüttle ich. Das Alkoholglas schraube ich auf, soll der Schnaps verdampfen. Das Terrarium und das Styropor mit den vielen Gufen kippe ich aus dem Fenster. Was noch lebt, kriecht davon oder fliegt in den rot verfärbten Abendhimmel. Ich weiß schon, was da unten brennt. Jetzt heulen schon wieder die Sirenen in hohen Tönen. Bless verzieht sich ins Hundehaus. Die Feuerwehr kommt aus dem Wald gekurvt, fährt am

Änziloch vorbei Richtung Köhlerplatz. Hoffentlich hat es Vrenelis Zöpfe nicht ganz erwischt.

Ein Donner erwadelt unser Haus. Am Boden rollt eine Spule hin und her. Etwas Rotes steckt darin. Uelis Badekappe. Warum bin ich denn nicht schon früher auf diese Idee gekommen? Fräulein Sidler hat es ja gesagt, damit überlebt ein Kind keine Stunde. Am besten, ich ziehe sie sofort an und lege mich ins Bett.

Alle Töne gehen weg, wie auf einen Schlag, endlich habe ich meine Ruhe. Nur ein Rauschen im Kopf, und das ist angenehm, wenn nicht das schreckliche Miauen von Mizli gewesen wäre. Das schneeweiße Fell unter der blauen Masche scheint sich zu bewegen. Alles im Zimmer beginnt plötzlich zu leben. Mutters Kasperlefiguren lösen sich von der Wand, kommen näher und schweben vor meinem Doppelstockbett hin und her. Die Änzilochjungfrau breitet ihre Arme aus, fliegt mit mir weg, hoch hinauf über den Napf. Der Sturm trägt uns ins Änziloch. Von oben sehe ich unser Haus und Bless, der bellend zum Kreuz runterrennt. Jetzt höre ich Stimmen, die näher kommen. Sofort bin ich hellwach. Diese Augen kenne ich doch. Auch Vater steht da und nimmt mir die Badekappe vom Kopf.

In der Christenlehre dauert es lange, bis wir ruhig in den Bänken sitzen. Die in der vordersten Reihe haben Angst, klammern sich an den schwarzen Mantel vom Herrn Pfarrer. Vergeblich versucht er den Streit im

Schulzimmer zu lösen. Einer der Großen behauptet, er wisse schon, warum das mit dem Mord in Uelis Scheune passierte. «Schnaps war im Spiel.» Viertelabnüüni springt ihm an die Gurgel, sein Vater habe nichts damit zu tun. Und überhaupt wollte Ueli schon lange gehen. Als wir endlich in den Bänken sitzen, sagt der Herr Pfarrer, die Wahrheit komme früher oder später immer an den Tag.

Der Platz neben mir ist leer, obwohl ich dauernd hinüberschaue und meine, Vreneli nehme mich am Arm. Ich habe nichts mehr von ihr gehört. Nur unsere Väter haben sich vor dem Zügeln nochmals getroffen. Meiner musste den verbrannten Meiler zahlen. Ich ging mit, zeigte ihm, wie alles passierte. Vrenelis Vater spielte mir zum Abschied nochmals das Käuzchen und sagte: «Wenn zwei voneinandergehen, geben sie sich die Hände.»

Nach Räucherwurst riecht es noch lange. Vielleicht wegen Viertelabnüüni, der mit seinen Beinen nervös auf und ab wippt. In seiner Wut bringt er die fast leere Bankreihe zum Wackeln.

Der Herr Pfarrer teilt jedem Kind ein Kärtchen aus, das wir falten. Er schreibt uns Vorschläge an die Tafel, wie wir von Ueli Abschied nehmen sollen. Ich male eine Zwetschge, mische etwas Schwarz ins Blau und schreibe darunter: «Lieber Ueli, es ist traurig. Hoffentlich gefällt es dir besser dort oben bei deiner Mutter als auf dem Napf. Lilly.»

An der Beerdigung stehen wir mit Fräulein Sidler rund um Uelis Grab, werfen unsere Abschiedskärtchen runter auf seinen Sarg. Der Herr Pfarrer wedelt viermal mit dem Fichtenzweig, spritzt Weihwasser über alle Verstorbenen. Bei Ueli sagt er: «Friede sei mit dir.» Viertelabnüüni steht neben mir. Er weint. Ich stelle mir vor, wie Ueli im Himmel oben zu uns runterschaut und alles miterlebt.

Ich stehe noch lange am Grab von Ueli. Was habe ich für ein Glück gehabt mit meiner Blutvergiftung. Es muss schrecklich sein, für immer im Dunkeln zu liegen, ganz allein zugeschüttet, so tief in der Erde. Es tschuderet mich vom Kopf bis zu den Füßen, als ich allein den Napf hochgehe und die Jahre zähle, die ich noch lebe.

Am Morgen friere ich immer noch und bin verpfnüselt. Ich tunke die Feder ins Tintenfass, schreibe zum ersten Mal in mein neues Heft und will mit der Hand auf der Linie bleiben. Plötzlich muss ich nießen, es kommt ganz schnell und laut. Fräulein Sidler schickt mich den Tatzenstecken holen, haut mir auf die rechte Hand, die man vor die Nase halten soll, damit es nicht so tönt. Da klopft's an die Schulbaracke. Viertelabnüüni hat doch nicht recht mit seiner Behauptung, ein Kindsentführer komme nur einmal an denselben Ort. Jetzt steht er nämlich schon zum dritten Mal vor mir. Mit dem Änzilochbuch bringt er alle ins Staunen, weil mein Foto auf dem Titelbild ist. Fräulein Sidler liest uns die Geschichte vor. Diesmal höre ich genau hin, bis zum Ende.

Auf dem Schulweg nach oben sagt Viertelabnüüni: «Ich glaub, ich weiß, wo er steht.» Beim Kreuz schaut er nicht mal runter. Er zielt direkt auf einen Baumstrunk zu, bei dem ich mir auch vorstellen kann, dass die Änzilochjungfrau hier sitzt, wenn sie einmal im Jahr hochkommen darf. Der Baumstrunk ist moosbewachsen, steht sicher schon lange da. Wir haben ihn noch nie bemerkt, obwohl wir morgens und abends immer daran vorbeigehen. Fräulein Sidler sagt, viele hätten schon gesehen, wie die Änzilochjungfrau auf dem Baumstrunk ihre langen Haare kämmt und die Fluh runterlässt.

Viertelabnüüni rutscht etwas zur Seite, damit ich neben ihm Platz habe. Schade, habe ich kurze Haare, sonst würde ich es genauso machen wie die Änzilochjungfrau. Ich spüre, wie Viertelabnüüni auf meine Frisur schaut. Er sagt: «Ich heirate dich auch so.» Weil ich schweige, redet er weiter: «Soll mir keine kommen und sagen, sie heirate nie. Das gibt's nur in diesen Geschichten.» Ich bin sicher, die Änzilochjungfrau hatte auch etwas auf dem Herzen, sonst hätte sie nicht allen Männern, die sie heiraten wollten, den Hund auf die Fersen gejagt. Vielleicht ist es besser, ich rede mit Viertelabnüüni, damit er versteht, dass eine wie ich nie heiraten kann. Ich sage: «Das mit dem Sturm kann ich mir gut vorstellen, wie er sie zur Strafe ins Änziloch runtertrug.

Das wäre mir auch beinahe passiert, als ich meinem Vater aus Wut einen Stein an den Kopf werfen wollte.» Viertelabnüüni sagt: «Die Änzilochjungfrau hat getroffen.» In der Geschichte wird sie erst erlöst, wenn ihre grauen Haare schneeweiß geworden sind. So etwas kann Jahre dauern, aber auch plötzlich kommen, das habe ich bei Grosis Zopf gesehen.

13

Vater schenkt Mutter ein neues Badkleid. Am Sonntag ehren sie jetzt das dritte Gebot und gehen bei schönem Wetter an die Emme. Alle vom Napf sind da, die Väter, die Mütter, die Kinder. Nur Res und Dora nicht. Sie gehen jetzt ihre eigenen Wege. Vielleicht haben sie die Stimmung in unserer Familie satt. Vater bleibt beim Schweigen, da ist nichts zu machen. Mutter macht weiter Heimarbeit. Über den Brief reden sie nie. Seit ich den Onkel kenne, möchte ich auch nichts von «denen».

Am liebsten spiele ich Akkordeon. Schon lange übe ich an dieser Melodie. Heute singt Mutter sogar mit, dreht sich im neuen Badkleid elegant nach allen Seiten, im klaren Wasser der Emme. Wenn sie singt, strahlt alles an ihr. Ich bin ganz aufgeregt. Endlich kann ich ihr eine Freude machen. Aber Mutter schaut nicht mich an beim Singen, obwohl die Melodie für sie ist, nicht für die andern. Sie schaut zu denen, die jetzt näher treten und staunen, wie gut ich Akkordeon spiele. Das Stück ist fertig. Alle klatschen. Mutter geht zum Grill, um ihre Wurst zu drehen. Beinahe passiert mir ein Unglück. Aber nicht auf Uelis Stein. Das hat er nicht verdient.

Ich renne los, hoch zur Linde, allein. Mit Viertelabnüüni habe ich geredet. Er findet, zu zweit wünschen ist nicht schön mit einer, die nie heiraten will. Er schaut zum Feuer, bleibt unten an der Emme. Ich stemme meine Waden den Stamm hoch und wünsche, Vreneli finde auf der Hinterseite vom Napf auch eine Linde, damit kein Protestant es wagt, an ihre Zöpfe zu gehen.

Dreizehn schneeweiße Wolken fahren wie ein langer Zug auf den Strich zu. Soll mir niemand sagen, zählen tue nicht gut, wenn so etwas Schönes am Himmel passiert.

Glossar

Abwart	Hausmeister
Ankebälleli	Butterwürfel (hier: Butterblume)
Bisi	Pipi
chätschen	kauen
Chilbi	Kirmes
(Emmen)böllen	Steinblöcke (in der Emme)
erwadeln	erschüttern
Fluh	Wiese
Füdli	Hintern
Fuessete	Fußende des Bettes
Gaden	Stock
gäch	steil
gädrig	geädert, zäh

Ghütt	Hütte (hier: Beichtstuhl)
gieren	quietschen
Gnagi	Eisbein, Fleischknochen
Gschpänli	Freund, Kamerad
Gufe	Stecknadel
Harrasse	Flaschenkiste
Hudel	Stoffstücke, Lappen
Möcklein	Brocken
Muni	Stier
Samichlaus	St. Nikolaus
Schoggibranchli	Schokoladenstengel
Speuz	Spucke, Speichel
stotzig	steil
stürcheln	straucheln
Töff	Motorrad
tschuderen	erschauern
verhudelt	unordentlich, zerwühlt
verpfnüselt (Pfnüsel)	verschnupft (Schnupfen)
Zmittag	Mittagessen
Zvieri	Vesper

Wilfried Meichtry

Hexenplatz und Mörderstein

Die Geschichten aus dem magischen Pfynwald
160 Seiten, bebildert, gebunden
ISBN 978-3-312-00462-4

Wilfried Meichtry ist beim Pfynwald, dem größten zusammenhängenden Kiefernwald Europas, aufgewachsen. Als er klein war, erzählte ihm seine Großmutter Maya spannende Legenden über den gefährlichen Wald. Als Historiker ist Meichtry diesen Erzählungen auf den Grund gegangen. Sie handeln vom großen Räuber Lisür und seinen Schandtaten, von der Jagd nach einer Bestie, die monatelang die ganze Schweiz in Atem hielt. Und von Corinna Bille und Maurice Chappaz, die jahrelang in der Wildnis des Pfynwalds lebten. Meichtry malt das Panorama eines erstaunlichen Waldes, in dem sich der Leser unwiderstehlich verliert.

«Wilfried Meichtry schöpft aus einer Fülle des Wissens, ohne sich darin zu verlieren. Er kommt seinen Figuren sehr nahe, ohne sie je zu verraten.» Klara Obermüller, *NZZ am Sonntag*

Nagel & Kimche

Melanie Mühl

Menschen am Berg

Geschichten vom Leben ganz oben

128 Seiten, gebunden

ISBN 978-3-312-00453-9

Berge verkörpern eins der letzten Abenteuer der Menschheit. Sie sind majestätisch, mächtig, ewig, aber auch archaisch und gefährlich. Diese Mischung fasziniert Bergsteiger und Skifahrer, Touristen und Bewohner. Melanie Mühl ist dieser Faszination nachgegangen und hat Menschen besucht, die in den Bergen leben, die sich ihnen unterordnen, auf und in ihnen arbeiten oder sie als Ort ihres Glücks gewählt haben. Entstanden sind eindringliche Geschichten über Demut und Wagemut, über Einsamkeit, Familie und die Bedeutung wahrer Gemeinschaft, über unser Naturverständnis und über existenzielle Erfahrungen.

Für eine der hier versammelten und zum Teil in der *Schweizer Familie* vorabgedruckten Geschichten wurde Melanie Mühl mit dem Preis Berg.Welten 2009 ausgezeichnet.

«Die genauen Beobachtungen und der gekonnt schlichte Stil machen diese Reportagen aus den Bergen im wahrsten Sinne des Wortes ergreifend.» Kathrin Meier-Rust, *NZZ am Sonntag*

Nagel & Kimche

Glenn Taylor

Die Ballade von Trenchmouth Taggart

Aus dem Englischen von Renate Orth-Guttmann
Roman. 304 Seiten, gebunden
ISBN 978-3-312-00463-8

Es ist die Geschichte eines Außenseiters in West Virginia, einer Art Forrest Gump des Hinterlands, dessen Leben das ganze 20. Jahrhundert durchmisst. Im Alter von einhundertacht Jahren berichtet er seine Erlebnisse einem Journalisten. Taggart ist ein Antiheld und Abenteurer, der ein Leben lang auf der Flucht war, immer wieder auf die Füße fiel, ein Held mit einem Makel, der Glanz und Schatten des amerikanischen Traums verkörpert. Die Geschichte seines Lebens ist voller Derbheit, Witz und Melancholie. Und sie spielt in einer Landschaft, großartig schön wie die Brokeback Mountains, und ist durchzogen von einer Rockabilly-Blues-Stimmung wie von Johnny Cash. Dieser deftige Debütroman ist eine unvergessliche Reise durch das Herzland der echten Pioniere.

«Taylors Prosa ist so souverän unangestrengt, dass sie die Kluft zwischen Unterhaltung und Literatur mühelos überbrückt. Ein literarischer Pageturner, überraschend und eigenständig, der beweist, dass es noch Leidenschaft, Feuer und Brillanz gibt im amerikanischen Roman.» Eric Miles Williamson, *Houston Chronicle*